龙塘故事

生活在这座快节奏的城市
他们在失去　也在得到

毕亮 ——
著

辽宁人民出版社

© 毕亮 2020

图书在版编目（CIP）数据

龙塘故事 / 毕亮著. —沈阳：辽宁人民出版社，2020.10
ISBN 978-7-205-09961-9

Ⅰ.①龙… Ⅱ.①毕… Ⅲ.①短篇小说—小说集—中国—当代 Ⅳ.①I247.7

中国版本图书馆CIP数据核字（2020）第180589号

出版发行：辽宁人民出版社
　　地　址：沈阳市和平区十一纬路25号　邮编：110003
　　电　话：024-23284321（邮　购）024-23284324（发行部）
　　传　真：024-23284191（发行部）024-23284304（办公室）
　　http://www.lnpph.com.cn
印　　　刷：辽宁新华印务有限公司
幅面尺寸：145mm×210mm
印　　　张：8.25
字　　　数：140千字
出版时间：2020年10月第1版
印刷时间：2020年10月第1次印刷
责任编辑：娄　瓴
封面设计：丁末末
版式设计：姿　兰
责任校对：冯　莹
书　　号：ISBN 978-7-205-09961-9
定　　价：39.80元

献给毕唯一、毕佑一，
活出自己的光芒。

目录

父归	001
正在到来	018
龙塘故事	037
人间盐粒	057
家乡是你的后院	076
这一切没有想象的那么糟	092
不可告人	107
一眼望不到尽头	129
亲爱的敌人	148
到处都是风	164
绿　萝	182
海钓者	199
幸福里	217
恒　河	234
后记　"深圳"的馈赠	252

父归

一

醒来时天蒙蒙亮，我闻到房间有股潮气，闭眼想，若父亲还活着，这时他该起床了。

我们家，父亲总是起得最早。起床后的父亲，似只老猫，在客厅、在厨房、在洗手间悄悄走动，走得小心翼翼。他生怕惊动我，惊动李明亮。待洗漱完毕，他便脚蹬运动鞋，出门，在楼下小区遛圈。有时，他也会带上那把剑柄脱漆的太极剑，走到小区广场椰树下，迎着晨风，练几式杨门太极剑。不知从何时起，父亲不练剑了，后来出门遛圈也骤减。他变成一只嗜睡的懒猫，坐沙发上、坐木椅上，随时随地打盹，发出不规律的鼾声，仿佛被人掐住脖子，咽一口涎水，倒吸一口气，他又醒过来……

正值初夏，深圳气温渐热，我和李明亮在城市东部待了三天。

  东部临海，空气里满是腐烂海藻、死虾死蟹及海水的腥味。夜间，前来吊唁的宾客散尽，我在酒店阳台躺椅上枯坐，回忆年少时种种人事，夹杂古怪气息的海风掠过阳台，鼻腔遭遇刺激，喷嚏连连，我只得回屋，关闭滑道门，将肆虐的海风堵在黢黑的门外。

  我对腥咸的海风过敏，也不贪念深海的诗意。

  但没办法，殡仪馆和墓园都位于此。这几天，我和李明亮忙着处理父亲后事。我累坏了，他也累坏了。深夜，我躺床上我睡的位置，困得眼皮睁不开，却睡不着。可能是不习惯酒店过于柔软的床垫，也可能是其他原因。

  阳台传来海风呼啸而过的声音、浊浪涌动的声音。似乎还有其他声音，我竖起耳朵，仔细听，是细微的哭声。我想象海边某个角落，有个披头散发的女人，蜷缩在黑暗中绝望地哭泣。我感到冷，躲被子里，交叉双臂，环抱自己。把自己抱成一只蚕蛹，还是冷。

  一只手伸过来，轻捏我左手手心。

  是李明亮，他也没睡。

  我想挪开我的手，念头一闪而过，手没动。我考虑父亲"五七"过后，就跟他去民政局办理离婚手续。嘴唇凑过来，想吻我。我扭头躲开了。李明亮说，人死不能复生，别想太多，早点休息。

道理是这个道理，但我不可能不想，去世的人是我父亲。我想起那天守病房，父亲临终前，握紧我的手，大概他把我当成医院的护士或护工。他说，麻烦帮我捎个话，告诉陶陶，她爸爸要出趟远门，交代她不要害怕，也不要担心。陶陶是我乳名。父亲生前罹患阿尔茨海默症，那时他已经不认得我，自然也不认得其他人。

那只手传递过来的温暖，让我感觉稍微暖和了些。

我说，刚才我想起小时候，父亲教我骑自行车，我老学不会。邻居提醒父亲，不能一直扶车座，要学会放手，那样才学得快。父亲说怕一放手，自行车倒了，孩子摔跤。

侧过身，李明亮用空闲的那只手掖紧被褥，他说，我们都要往前看，不能一直活在回忆里。

我说，这些年我常想起小时候学骑自行车。明亮，还记得三年前吧你，我爸住进养老院，我去看他。那时他就有老年痴呆症状，我走进门，他瞄了我一眼，不理我，坐椅子上独自啃苹果。当着他的面，我流了眼泪，他还是不理我。现在，我爸走了，他对我是彻底放手了。

李明亮说，你爸生病，我们都忙，照顾是照顾他了，哪有那么周到。他过得没一点生活质量，走了，未必不是件好事。

左手从那只温暖、干燥的手掌中挣脱出来。我说,别谈这事了,现在,你和她怎么样?她是指他"女朋友",好像是个售楼小姐,四川稻城人。过去我一直清楚她的存在,但我没跟李明亮捅破那层纸,真捅破了,谁脸上都不好看。

李明亮说,谁?

我说,那个售楼的。

身体在被褥里挪了挪,两秒过后,李明亮说,本来就是藕断丝连,现在彻底断了。

我不知道该说什么,是奚落他,还是嘲讽他?只好说,睡吧,累。

因为他们的关系,我曾经伤心过、愤怒过,想闹个鱼死网破,最终我忍住了,把心思全花在工作上,懒得理他那点破事。我想离开了谁,地球不是照样转?但父亲的离开,让我一时觉得,地球停止了转动。黑暗中我闭眼,不断提醒自己,父亲只是出了趟远门,他还会回来。

是的,父亲还会回来。

二

奥迪驶出墓园停车场。

李明亮想开口讲话，抬眼望道路两旁枝繁叶茂的大叶榕，又忍住了。我知道他想说什么，无非是安慰之词。不过此刻，沉默应是最好的安慰。

从东部返回市区的路上，我和李明亮变成两名哑者，一路上他开他的车，我要么凝视车窗外的风景（远处是孤零零蛮荒的海岛，中间是游客多得像蚁群的海滩，近处是海港码头成片的集装箱），要么想一些乱七八糟的事。

车内空气令人窒息。

更要命的是，沿海高速塞车，汽车走走停停，一路蜗行。我猜肯定是前方发生车祸，导致堵车。紧靠椅背，我眼睛发胀，感觉脊椎不舒服，脖子不舒服，浑身不舒服，似有无数只蚂蚁触挠心脏。

闭眼，我忍受着，忍受这带痒的痛。

李明亮似乎察觉到我的不适。他说，估计走过这段，路应该就顺了。车窗开启，湿漉漉的空气蹿进来，我闻到一股霉味，是父亲弥留之际身上的味道，骨骼变质衰老的味道。不久，奥迪经过车祸现场，我瞥见残留路基的斑斑血迹及一地狼藉的铁皮残骸。屁股在汽车皮质坐垫上挪了一下，又一下，我想对李明亮说，慢一点开车，注意安全。嘴巴却似上了锁，最终没张开。

我们到家时，天快黑了，整座城市亮起浓稠的灯火。

巡视客厅的摆设,茶几摆在原先茶几的位置,空调挂在从前空调的位置,一切都没变,我却感到陌生,仿佛走进别人的房子,连呼吸的空气都是陌生的。李明亮坐沙发上,背靠灰色布艺靠垫,他像是深思熟虑后作出的决定,郑重对我说,陶陶,我们得好好聊一聊。

我不清楚李明亮打算聊什么,跟我想的是不是同一件事。看他一本正经的模样,我猜他想的应该跟我一样,八九不离十。结婚后的第三年,他就想要个孩子,不管是男孩,还是女孩,都行。我没答应,公司业务太忙,且我心存自己的想法,想在职场有所作为。那一两年,我亲见两个大学同寝室的女同学,生完小孩后,人生重心转移到孩子身上、转移到家庭上。想起在我高中时离世的母亲,我不想沦为家庭主妇,至少当时不想。

盯着李明亮额头的黑痣看,我没依他的话题继续往下讲。

李明亮说,有空么,咱俩聊聊。

我想起手头的述职报告没弄完,恰巧赶上父亲去世,现在得赶紧抛开悲伤,加班加点写完述职报告。我说,再等段时间,等我忙完竞聘。

他知道我上司跳槽的事。上司走了,空出一个销售总监的位置,对我来说,这是个好机会,也是我一直期盼的事。在深圳这些年，只有一步一步往上走，我才有安全感，才觉得双脚是踩在土地上，而不是虚无的云朵或棉花上，脚踏实地人才会踏实。

李明亮从头到脚打量我，像瞅一个陌生人。或许在他眼里，我不是人，而是个冷血动物。他说，你爸刚走，别把自己绷那么紧，该放松时就得把弦松下来。

我说，李明亮，你看看深圳，看看我们身边的人，他们都在往前跑，我一放松、一歇气，可能就掉队了。我妈的事，我跟你讲过吧，她患癌症，家里没钱治，说起来我心里都有点怨我爸，若是家里经济宽裕，指不定我妈能多活几年。

至今我仍记得父亲从医院回来，手足无措的模样，那是一只困兽无奈的表情。夜里，父亲找来一张纸，在上面写下许多亲戚、朋友的名字，名字后面是一串数字。他告诉我，这些人是可以开口借钱的人。他想给母亲凑医药费。结果父亲跑了一圈回来，收获不大。对凑款这事，父亲过于乐观。后来某个雨夜，我听到父亲酒后的絮语："陶陶，到头来，人啦，人还得靠自己！"

李明亮把视线从我身上，转移到茶几的果盘。果盘里有三枚冰糖心苹果，苹果失去水分，正在枯萎，果皮皱了。他说，这是哪跟哪，陶陶你越扯越远，驴唇不对马嘴。

我说,过段时间,我会找你聊。

我希望早点坐实销售总监的位置。打开冰箱,里头几乎是空的,只有两瓶卡士酸奶和一袋拆封的湾仔码头速冻三鲜水饺。肚子饿了,我没一点胃口,走进书房,打开电脑,点击述职报告文档,看着自己从一名普通的销售员做到销售经理,再到统管华南区域的销售副总监,眼泪水禁不住流出来。从父亲去世办完葬礼到回家,我没流一滴泪。

紧闭的书房门打开了,李明亮端杯冒热气的速溶咖啡,走进来。我不想让他看到我流泪的狼狈相,但来不及躲藏。搁下咖啡杯,他往门外走,走三步,又回头说,陶陶,想哭就哭吧你!

背后,书房门关拢了。我坐电脑桌前,闷声毫无顾忌地流泪,想这一切到底值不值。我能想象得到,我哭的模样有多狰狞。

三

"走吧!再拖该落雨了。"

三年前的春天,某个上午,父亲站客厅沙发旁,催我跟他一起出门。父亲语气柔和、平静，听不出快乐，也听不出悲伤。他拎只手提旅行包，孤独地站着，似头衰老的兽。我清楚包里装的什么，剃须刀、牙膏、牙刷、洗发水及换洗的衣物。

我们要去养老院。

确切地说，是我送父亲去养老院。我在客厅寻找谭木匠梳子，寻了半天，总算找到。面对梳妆镜，我择出发丛中的两根白发，拔掉。忘了这是拔掉的多少根，那段时间，白发似离离原上草，拔了，隔天便冒出来，没完没了。

我没理会父亲的催促，继续坐梳妆台前，描眉，抹口红。我想起小时候的夏天，临近放学时天降暴雨，同学们相继被家人接走，我望着眼前的雨雾发愣，从大雨中走出一个湿漉漉的身影，是父亲来了。我记得那个潮湿的雨天，湿气笼罩着我，让我感到凉意浸入骨髓。父亲将我背在后背，撑着雨伞，带我回家。趴在父亲背上，尽管周围是淅淅沥沥的雨，但前胸贴后背、父亲托住我身体的大手，让我倍感温暖。

父亲又在客厅催了。

屁股坐椅子上，身体每一个器官都不想起身，我就想慢一点，能慢一点就慢一点。我心里一千个一万个不愿意送父亲去养老院。实在没别的法子，那阵子我刚升职，当上销售经理，公司派我前往上海出差，至少得半年，时间长的话，可能要一年。我跟李明亮讲这事时，他不乐意，也不同意。他说，陶陶，你就不能顾点家么？再说，你爸怎么办？我说，我这不是跟你商量，是通知你。家里的事，还有我爸，就靠你了，多费点心你。李明亮还想再说什么，瞟我一眼，知道我吃秤砣铁了心，便没再开口，只是气鼓鼓地拿眼睛刺我。

估计是我和李明亮的争吵，传到父亲耳中，他主动提出来，要去养老院。又说，反正周末就回家，说起来，等于是住宾馆，还有人伺候，多好！想来想去，找不到更好的办法，我只好同意父亲的要求，安排他住养老院。

李明亮在厨房清洗吃早餐的碗碟，传来瓷器撞击的声音。我知道他有情绪，他不想我在职场做拼命三郎，想我的工作节奏缓下来，生个孩子，或者两个。我有我的想法和追求，哪能满足他的心愿？有段时间，因为这个，我们经常发生争执，他会赌气说，陶陶，若是我长了子宫，可以生孩子，就不必麻烦你，真想跟你把角色调换过来。

"该走了，陶陶。"

父亲继续催我，语气平静、温和。对我，父亲永远是这个样子，不像李明亮，气急了，就对我恶声恶气，吼我。但大多数时候,是我凶他、吼他。在我眼里,他基本是个善良、本分的人,做丈夫,若除去跟售楼小姐的暧昧关系,也算称职。

李明亮从厨房出来,走进卧房,拢向我。拖鞋击打瓷砖地板的声音刺耳。他说,陶陶,你爸叫你,该出发了!

我磨蹭着,思忖再怎么拖下去,我和父亲终究要出门,我要走我的路,父亲要走他的路。目视父亲拎只旅行袋,站在客厅孤零零的模样,我心堵得慌。瞥了眼阳台,阳光普照,天气好得无可挑剔,我却浑身发凉,像是身体冻在冷库里、跌进冰窖里。我说,爸,咱们走吧!

那一刻,我想哭。

四

养老院应该是由闲置厂房或旧楼改建,隐约能闻到近期刷墙漆滞留的零星的油漆味,并不刺鼻。

院方安排给父亲的那间房,不知上一任主人是谁,为何种身份,大约是位艺术爱好者,喜欢涂鸦,阳台墙面画了好几幅"作品",站立的人、卧床的人,还有一朵花瓣怒放的圆盘,朝向悬空的太阳,可能是向日葵。另一处墙面有11个数字,写得正正经经,连起来看应是手机号码。

出于好奇，后来我站阳台拨过那串数字，扬声器传来女人沙哑、疲惫的声音，我赶紧挂了电话。对方再打过来，我没接。过后又收到短信，陪聊每小时收费100元，其他服务面议。我不清楚父亲是否打过电话，找人陪聊，或者干点别的排解寂寞……

父亲去世已有两个礼拜。

隔两天，夜里回到家，我便把自己关进过去父亲住的房间。坐椅子上，或者床榻边，一坐就是一个小时两个小时。我想起父亲在世时，无论我多晚回家，进门后，总能看见父亲坐沙发上打盹。声音惊醒了父亲，他说，陶陶回来啦！我知道父亲在等我，但他从来不说他是守候我的人。瞅一眼墙上的挂钟，若是太晚，他会啰嗦一句，以后早点回，一个女孩子，工作莫那么拼。

房间没亮灯，我坐在黑暗中，能闻到父亲的气息，是一种熟悉的温暖的味道。而那些气息随着父亲的离去，变得日渐稀薄。我渐渐感觉到了冷，像是寒风裹挟着单薄的身体。尽管似身处荒原，我仍愿意长久地在房间待着，我怕再过段时间，父亲的气息彻彻底底消失，我再也找不到那种一路伴随我成长的味道。

或许是李明亮害怕我睹物思人，他说，陶陶，找个时间，咱俩把房间收拾收拾，你爸走了，我们终归要接受这个现实。我知道他是为我好，却并不领情，我说，李明亮，我的事，你少管。他看着我，并不生气，目光无限温柔，像过去父亲注视我的眼神。他想说什么，欲言又止，最终没说。手握拖把，他转到客厅、厨房，拖地去了。

每天夜里，我会拿块抹布，拭擦父亲房间的桌子、椅子，将灰尘抹净。桌台上摆的那只地球仪，我擦了一遍又一遍，它是父亲的宝贝。父亲当了一辈子初中地理老师，跟我聊天时，聊起地球上的城市、山川、河流，如数家珍。我记得儿时，父亲计划过许多次远行，他说要带我去云南香格里拉、去北京八达岭登长城、去新疆帕米尔高原，但最终都放弃了。母亲说，不当家不知柴米贵，这家里哪个地方不需要花钱，你还有闲工夫往外跑。后来父亲再没提出门旅行的事。我擦好地球仪，小心地摆放桌台上。房间的摆设，跟父亲在世时一模一样，我没动。我怕动过后，父亲亡魂归来，以为走错房间，转身离开。

那天我清扫完父亲房间，仿佛上帝捉住我的手，让那只手打开抽屉，寻出一本相册。

我目睹小时候的自己，一百天的陶陶、一岁的陶陶、三岁的陶陶、五岁的陶陶、十岁的陶陶，母亲和父亲年轻时的照片，我们一家三口的合影……翻看了一遍，又一遍。

干燥的手将相册放回原位，关上抽屉。又打开另一层抽屉，取出一个笔记本。笔记本封皮边角破损，内页仅写了少半文字，多半是空白。

是父亲的笔迹，我认识父亲写的字。

他说，昨天梦到陶陶母亲，她讲一个人在下面实在无聊，连个说得上话的人都找不到，想我下去陪她。我答应她了。她却说，你来陪我了，咱们家陶陶怎么办？你还是在上面好好待着，把女儿照顾好。我告诉她，从湖南老家到深圳，现在不是我照顾女儿，是女儿照顾我，我成了咱们家陶陶的累赘和包袱。她工作忙，要出差，一去得大半年，我思来想去，还是住养老院吧！

他说，我记性越来越差，经常丢三落四。今天陶陶来养老院看我，我连她都没认出来。隔壁老王说，老马，你家女儿真孝顺。听老王一提，我才晓得是女儿陶陶来过，给我拎了一袋苹果、香蕉，还有我最爱吃的芒果。

他说，今天找女婿李明亮聊了一回天。这是我第一次郑重地找他谈话。在女婿面前，我替陶陶作了检讨，世上那么多男男女女，两个人走到一起，是缘分，希望他们能少些争吵，好好往下走，以后的路还长。我告诉他，我可能患了老年痴呆症，就算马上死，一切都放得下，唯独对陶陶不放心，她太要强，有事都是自己扛着背着，不愿意示弱。女婿答应我,会珍惜两人的感情。

他说,若人有来生,可以转世,来世我希望继续做陶陶父亲,照顾她,陪伴她成长。

……

翻到笔记本后半截,文字越记越少(不时出现错别字)。有文字记录的页面写满四个字,仅有四个字:女儿,陶陶。

将笔记本捧于手心,贴紧胸前,我眼窝潮湿,眼前一切变得模糊。我清楚父亲最后仅剩的质朴的心愿,不过是想记住女儿的名字——陶陶。

五

跟平常一样普通的周末,我跑了趟山姆会员店,采购红酒、牛排、羊蹄、西兰花、西红柿等食材和饮品。那天黄昏,我择菜炒菜,淘米煮饭,亲手下厨,做了一顿尚算丰盛的晚餐。

当热气腾腾的饭菜摆上饭桌时,李明亮手捂胸口,揶揄说,天,太阳从西边出来了。又说,陶陶,是不是销售总监的位置,落实了?

我把十根手指指尖凑到鼻下闻,有股肉腥味、羊蹄的膻味，都是让我反感和讨厌的味道。我说，今天不谈工作。

李明亮说，我不是做梦吧！或者你不是陶陶！

我说，前段时间，你不是说要找我谈谈？

一只手握红酒瓶，一只手拿开瓶器。我的手抖了两下，李明亮没看见。我害怕他提出离婚，但我想夫妻一场，好聚好散吧。他要跟我谈的，肯定是这事，与其长痛不如短痛，迟早得有个了断。有件事我从未告诉他，上高二时，我跟校外一个混混好上，意外怀孕，那个平时对我甜言蜜语、千好万好的人弃我而去。我妈当时患癌，我爸担心这事伤我妈的心，瞒住她，带我做了人流手术。过后父亲没对我讲一句重话，只是说，陶陶，你的一生不该这么过，我和你妈在这个小县城守了一辈子，这里的生活算什么生活……我没打算把这事告诉李明亮，准备永远瞒着他。

手又抖了一下。给李明亮斟酒，洒了两滴在大理石饭桌桌面。

李明亮说，陶陶，确实想跟你聊一聊。

又给自己倒了一杯酒。我说，现在就可以聊。

屋外头，天空似泼了墨，瞬间黑下来。李明亮说，陶陶，你爸去世前，专门找我谈过话，他希望我们能把日子往好里过。

我想起父亲笔记本里记录的内容，但我没说看过，而是说，你要跟我聊的就是这个？

李明亮说，不然呢？

我说，一般好话都讲在前头，随后都有个"但是"转折，还想聊什么你？

李明亮说，陶陶，你有个好父亲，这辈子你该知足。

我说，我爸好不好，我比谁都清楚，有话直说你。

李明亮说，当然是直说，我就希望你能放松一点，别把自己绷那么紧。

我说，今天，你不是要谈离婚？

李明亮说，我希望我们能实现你爸的遗愿，把日子往好里过。

喝了一海口红酒，咽下去，我听到酒液从喉管经过食道，流入胃囊潺潺的声音。我说，你是李明亮么？

李明亮望着我，目光似水。那是父亲凝视我时的眼神。盯看桌面红酒杯，我想，是不是父亲的灵魂附上李明亮的身体。

他变了个人。

正在到来

爱一个人,那门是窄的,那路是长的。

——题记

一

"你相信有前世吗?"相亲时,此话几乎成了我的开场白。"我肯定是前世造了什么孽,这辈子来还债的!"无论对方是表露善意,还是无动于衷,接下来我都会谈起孔铁军,他是椰城最大的包工头,文雅一点的称呼为——建筑商。据说他养了两只澳洲袋鼠、两只长臂猿当宠物,在别墅院子芒果树下用铁笼子圈着。我说,有钱人真会玩。又说,我就不会玩,我是个闷人。相亲的瘦女人听到这,突然说,你让我想起电影《沉默的羔羊》里的一个人,你跟他倒有点像。我从来没见过这么瘦、锁骨毕现的女人,这么瘦的男人也没见过。她不好意思地望着我笑,露出上排牙龈。我用眼神鼓励她讲下去，但她没往下说，而是换了其他话题。我对爱吊别人胃口的女人向来缺乏好感。

后来，我专门找来《沉默的羔羊》，看过两遍。至今我也没搞清楚，我到底像电影里的谁，是变态杀人狂"野牛比尔"，还是精神病专家汉尼拔博士。

过去三年，我谈过两场恋爱，都是无疾而终。我不像那些失恋的人，一把眼泪一把鼻涕，搞得自己要死要活。活到三十岁，生活已经告诉了我，做个没心没肺的人，会比较安全。恋爱那点事，一开始，我也不是非得奔着婚姻的殿堂去，既然大家都闲着，有时候又有那么丁点需要，那就谈谈呗，试一下，合适就继续往下走，不合适，只得跳出来，再换个坑。

我不单对婚姻缺少热情，朋友们热衷投资炒股、炒楼、炒贵金属，拿着挣来的钞票购置保时捷、玛莎拉蒂等豪车，满世界旅行时，我似乎对远方也没多少向往和期待。我就喜欢在椰城待着，安安静静地待着，然后，等待每年夏天到来，开着黑色汉兰达赶往郊外，在热风或凉风中掬一束百合，以此祭奠朋友。

六月下旬，天气开始变得燥热。我从网上花店订购了百合，送花的是个湖南男孩，挺立的鼻梁有一粒色素痣。取到百合，我驾车前往目的地。椰城变化太快了，才一年时间，郊外那块地已圈上围墙，商品楼破土而出。铁皮简易房似蚁巢，建筑工人似勤劳的蚁群，钻进钻出，忙忙碌碌。

走下车，我眺望近处泥泞之地，视线又戳向远方，一片尚待开发的绿林。我猜用不了多久，那片密林也会魔术般变成一栋栋气派的楼宇。十多年前，她们的尸体就是在此发现。找到一块干净的开阔地，我将百合搁地上，闭眼，回忆她的样子。她还是从前的模样，而我正一天天奔向衰老。

仿佛处在蒸笼中，我后背浸了一层热汗，麻料衬衣跟温热的皮肤黏一起。简易房门前摆个小吃摊，一张木桌围了一圈工人。他们正埋头吃热干面，有个工人舌头极长，我目睹他用舌尖卷起面条，卷至厚厚的舌苔上，闭嘴，鼓起腮帮咀嚼。他似一只蜥蜴，我估计他的舌头长到能舔到他油腻的鼻子。

天快黑了，蜥蜴工人旁边位置空着，我坐下来，也要了一碗热干面。那帮建筑工人提到他们的大老板——孔铁军。坊间有传，椰城百分之七十的写字楼、商品房是孔铁军承包修建的。在他身上，还有更多的传闻，比如他黑白两道通吃，在椰城混、追求进步的官员都得拜他码头，比如他离婚了，有不少于十个情人、七八个私生子……我嚼着热干面,听那帮工人扯淡,没想到孔铁军干了那么多乌七八糟的事。他们肯定不知道,这些年孔铁军一直坚持在书房誊抄佛经,客观地说,他的书法相当有造诣。

二

跟刘莲同居那段日子,我怀疑自己罹患厌食症。似乎不单是厌食,我还嗜睡,白天黑夜,没日没夜睡觉,躺床上睡,躺布艺沙发上睡,躺复合木质地板上睡。有时趴伏在刘莲丰满的身体上,恍惚间也能睡去,仿佛坠入漩涡,身体正在奔赴一场迷幻的梦境。刘莲掀翻我,捏紧我鼻子,她说从来没见过一只瘦猴,打鼾比打雷还响。我很想问问她,她见过什么。但我忍住了。

半年前,通过微信,我认识了刘莲。我们聊得最多的是电影,《性、谎言、录像带》《索多玛120天》《发条橙》……她口味偏重。偶尔,她会小心翼翼地提到减肥,节食、运动、针灸,能使的减肥方法她基本都使了。我问她有效吗,她说不管用,她是那种喝水都会长肉的人。我劝她别减了,该吃吃,该喝喝,对自己好一点。她说不行,身上哪儿哪儿都是肉,伸手能抓一大把,肥胖再上一个台阶,自己都要嫌弃自己。我告诉她我喜欢丰满一点的女孩。讲完我就后悔了。她肯定是误解了我的意思，立马约我前往万象城星巴克见面。面对她的盛情，我实在不好意思拒绝。

刘莲没她提到的那么胖，至少没我想象的那么胖。我估计她是故意的，一开始将肥胖的程度夸大，降低了我的期望值。喝过一次星巴克咖啡、吃过一次海鲜意大利面后，刘莲拎了个带滚轴的红色行李箱，搬到我住的公寓。

我们似两只穴居的鼹鼠，一只公鼹鼠一只母鼹鼠，白天我弄完广告公司的文案，刘莲在银行柜台点完一天的钞票，吃完美团网送来的外卖，有时是桂林米粉，有时是白切鸡饭。夜幕降临时，我便从碟套取出影碟，两人窝沙发上看电影。实在累了，我就闭眼，抱着刘莲一条举重运动员似的粗腿睡觉，或者走去卧房床榻，舒服地伸开腿、伸开臂膀，眯上一小会儿。我知道，接下来刘莲会迅速关掉电视和碟机，猫似的轻手轻脚爬到床上来。

卧房一团黢黑。我俩各自剥下睡衣，磁石般靠紧。古怪的气息弥漫开来，我脸颊比烙铁还烫，将鼻头埋进刘莲肉身。我的脸大概烫到她皮肤，身下的肉团扭动两下。我听到动物园巨象粗重的喘息。

我说，你说话。

刘莲说，我是姚丽华。

我说，我是田健。

……

我是一团火。刘莲是一团火。两团火融为一体。旺火燃烧过后，我望着黑墙顶发呆，怜惜起刘莲。每次完事后，我都会可怜她，也可怜自己、痛恨自己。有时候，半夜三更刘莲会把我推醒，她说用手指凑我鼻底，探测不到我的鼻息。她说担心我会睡死过去，再也醒不来。手指在黑暗中探索，摸到刘莲柔软的下巴、干燥的嘴唇、鼻翼，再到眼窝。我摸到冰凉的眼泪水。

后来某个雨夜，我和刘莲按程序完成性事，她说，田健，姚丽华是谁？

我说，不该问的，你少问！

刘莲说，我不是一个好演员。这是我最后一次扮演姚丽华，以后你要搞就搞我。两条腿长在你身上，想搞姚丽华，你自己去找她。

起身，我坐床上发愣。

刘莲说，再这样下去，她迟早会分裂，不知道自己到底是刘莲，还是姚丽华。

然后她起床穿衣，坐在黑幽幽的房间抽泣。我闭眼，躺床上我睡的位置，假装睡觉。我没去安慰刘莲，给她台阶下。她哭了一会儿，可能觉得无趣，又把衣服脱了，爬到床上。那一夜,她没怎么睡。我也是。她在我身旁翻来覆去,像是身下埋了一根骨刺或一枚地雷。

又一天黄昏,我下班回家,天快黑了,到了刘莲该回来的时间,但防盗门一直没发出开启的声响。我意识到不对劲,跑到洗手间,发现刘莲的洗漱用品没了,再跑到卧房,她的红色行李箱不见了。我知道,她走了。但她有一双蓝色平底鞋,稳稳当当搁鞋架上。那是她来大姨妈时穿的专用鞋。

三

隔壁住一对河南夫妻,晚上八点半左右,他们会准点训斥不到十岁的儿子。"这么简单的题都不会,你会什么?就知道吃肯德基,就知道玩游戏。""你能长点记性么?跟你说过多少次,还犯同样的错。"有时夫妻俩教训儿子,尿不到一壶,便开始对骂:"若你的智商高一点,咱儿子也不至于这样。""咱俩,大哥不笑二哥。"

我猜男孩在做家庭作业。

窝沙发上,喝着冒热气的速溶咖啡,我想象着男孩的模样,眉头紧锁,紧握笔杆,龇牙咬笔头,一脸的无辜和茫然。白天我见过几次挨训的男孩,他的体重完全超越了他的年龄，快赶上成人。男孩应该是一位肥胖症患者，肉嘟嘟的，一点也不可爱。电梯里人多时，男孩似只羊羔，看人的眼神躲躲闪闪。无人时，我见过他在廊道里踢一只无家可归的流浪猫，目露凶光。待男孩发现我，立马收脚，温柔地喊了我两声"叔叔好"。我很想告诉他，我一点也不喜欢他，但我只是瞅了他两眼，再看那只挨踢的流浪猫，已逃得无影无踪。

隔壁的训斥声停歇，我喝完咖啡，便爬上床睡觉。半夜时分，我会被另一个邻居的歌声吵醒。她是个中年女人，满脸雀斑。我不知道她为什么喜欢半夜三更唱歌，春天已经过去，她用不着像发情的母猫那样鸣叫，召唤公猫。

有一次，刘莲还没离开时，我俩被歌声闹醒，实在睡不着，我跟她躺黑暗中聊天，不知怎么就聊到椰城那起轰动全城的凶杀案。

我说，刘莲，你记得十几年前，那起无头女尸案么？

刘莲说，记得，当然记得。应该是1997年吧，我正上小学五年级。案发后好长一段时间，我爸妈担心我的安全，每天我爸骑自行车送我上学，放学时又骑着自行车到学校门口接我。不单是我，别的女同学，也是父母车接车送。

我说，那事确实闹得人心惶惶。

刘莲说，聊起从前，我突然想我爸了。若是我爸还活着就好了，他是这个世界上最爱我的男人。没有之一。田健，你知道吗？那时我爸和我有个小秘密，他带我回家时，路过麦当劳，会给我买炸薯条、炸鸡翅和加冰块的可乐。我妈不让我吃垃圾食品，但我爱吃。我爸递给我那些食物，他说吃吧，别让你妈知道。后来我爸不在了，我跟我妈提起这事，我妈就站在我爸遗像前抽抽搭搭抹眼泪。

我说，那时你没这么胖吧？

刘莲说，什么意思你，你是说我垃圾食品吃多了，吃胖的？

我说，我可没说。知道吗，凶杀案两个受害者是我同学和她母亲。

刘莲说，真吓人。还有呢？

我嘴巴上了锁。短暂的沉默过后，迎来的是更为漫长的沉默。

……

刘莲离开后，我的日子跟从前比，没有太多变化，夜里吃外卖，偶尔泡方便面，喝速溶咖啡，看盗版碟。我预感等不了多久，刘莲就会回来，起码她要取回那双蓝色平底鞋。

星期天中午，门外响起敲门声，我以为是送外卖的到了。开门，站外面的却是刘莲。我说，大姨妈来了吧，过来取鞋？

她说，嗯。

然后她进门取鞋，用环保袋装好，转身走。她站门口，停立两秒，最后离开了。我似一只木偶，眼睁睁看她离开，没挽留她。

后来刘莲给我发了三条微信。第一条：田健，当时只要你说一声让我留下，我就会留下来。第二条：其实我并不喜欢看文艺电影，那些电影恶心、乏味，看得我打瞌睡。你说你喜欢丰满的女孩，一个萝卜一个坑，我以为我等到了我要找的那个人，比我爸更爱我的人。我是奔着结婚跟你住一起的。第三条：我知道姚丽华是谁了。有人一直在惦念她，就算她死了，也应该是生活在天堂里的人。我一个大活人，还不如一个死人。

给刘莲回复微信，她已将我拉黑。

某一天，我在国贸大厦地铁口偶遇刘莲，她旁边站一个奇瘦的长发男子。见到我，她挽住瘦男人的臂膀。男人大概是她新交的男朋友。看上去，刘莲整个人瘦了不止一圈。我估计，她那场恋爱谈得并不轻松。

四

餐桌上摆一堆空酒瓶,除了一支500毫升的红花郎,其他全是啤酒瓶,金威、青岛啤酒。是阿波做的酒局。他召集我们一帮同学小聚,喝了点酒,聊着楼市、股票、贵金属,后来话题转来转去,不知怎么就绕到姚丽华身上。

有人说,姚丽华若是活着,该多好!

又有人说,那案子一直悬着,估计得找福尔摩斯帮忙,才破得了案。

端起冰凉的啤酒杯,我一饮而尽。酒桌上,大家谈起姚丽华,谈起姚丽华父亲的案子,都说她不明不白的死,是她父亲害的。十多年前的夏天,姚丽华父亲因贪腐问题被抓,"双规"期间自杀身亡。社会上这类事件时有发生,按理说不是什么新闻焦点,可姚父自杀前,姚丽华和她母亲神秘失踪。随后,椰城郊外密林中发现两具无头女尸。死者年龄跟姚丽华母女相仿。此事一度成为椰城百姓茶余饭后热议的话题,言语之中称姚父背后的势力过河拆桥,手段黑狠,斩草后还把根给除了……他们只差直接点出孔铁军的名字。

我比聚会那帮同学喝得多。我以为喝点酒,没准心情会好一点。现在季节轮换到夏天，我连郊外也懒得去了，那里矗立的全是陌生的商品楼。回到家，无事可干，我又开始找碟套里的影碟，电影成了我疗伤的解药。我想起刘莲过去对我讲过的话，那些文艺电影恶心、乏味，我将《七宗罪》碟片原样塞了回去。泡杯柠檬水，加冰块，我像沙漠中干渴已久的旅人，张嘴将满杯水饮尽，剩下一堆冰块和柠檬片。

窗外是城市亮闪闪的灯火，更多的是苍茫的黑暗。我翻出姚丽华多年前写给我的字条。那时我们在椰城三中念高二，姚丽华是我们班众多男生暗恋的对象。我比大多数男生勇敢，那年夏天，晚自习放学后，我变成一只轻手轻脚的猫，尾随姚丽华，送她回家。

清爽的风在夏夜吹拂。姚丽华走出校门，步入阔街。街道两旁亮着路灯，她步伐轻快，黑灰的影子随她前行。我若无其事跟她身后。她回头时，我便东张西望。拐个弯，她转进窄街，没了路灯，她立马被黑暗吞噬。她行走的速度慢下来，不再像走在路灯下那般轻快。我也慢下步子，偶尔发出一两声猫鸣。

我猜到她害怕了。便又发出猫鸣声。她回头望了一眼，转头，继续朝家的方向走。

有一回，我尾随姚丽华，经过窄巷。黑暗中四五个人头在晃动,他们堵住姚丽华去路。有个声音说,姚同学,我大哥没女朋友,你做咱嫂子如何?我弓身捡了枚石子,扔向人堆,不知砸到谁,反正不是姚丽华。她趁乱跑了,而我却挨了一板砖,流了一身血。母亲问起,我敷衍说摸黑骑自行车,摔的。

翌日上学,我额头多了块厚实的白纱布。上课时,我发现姚丽华偷瞄了我好几眼,我假装看黑板,避开她目光。我猜她可能知道真相了,夜间是我在跟踪她。但她没点破,晚间走夜路照旧。

六月的天愈来愈热,课间我从厕所屙了泡尿回教室,姚丽华趴课桌上,脑壳埋双臂间,哭得肩膀一抖一抖。她爸贪污被抓的消息在班上传开了。后来的语文课她一直趴着,我目光直直地盯她看,仿佛她是一块黑板。放学后,她偷递给我一张字条,约我两天后下晚自习一起回家。字条上的字纤细、漂亮,跟她的人一样。她说,再过几天,我就要离开椰城,去别的地方生活。有件事我想问你,你得实话实说。

约定时间到了,那一整天,姚丽华没来上课,没人清楚她去了哪里(直到两天后郊外发现两具无头女尸,我们才弄清,姚丽华可能遇害了)。同学都回家了,整个校园空空荡荡,我能听到风吹响树叶沙沙的声音。

站校门口等姚丽华，我一直等，等到半夜，腿站麻了，我就蹲着，蹲累了我就换个姿势，站着。但最终等来的，却是一场空。

五

　　这次相亲是第五次。也可能是第六次。我忘了。跟小林约好在咖啡馆见面，出于礼貌，我提前十分钟抵达。刚落座，收到小林短信，她得晚一会儿到。我点了杯拿铁，控制速度，矜持地喝，可喝到瓷杯见底，左右不见小林出现。

　　心里画了个叉。又画一个。我将余下的咖啡饮尽，考虑是否起身离开。但我做不到不辞而别。我想至少得当面跟小林道一声"再见"，然后再拍拍屁股走人。挪动咖啡杯，右手食指指尖狠蹭摆放桌面印有LOGO的纸巾，我想了一些别的事，目光来回逡巡咖啡馆进出的客人。

　　邻桌飘来似有似无的香水味。那边坐两个女人，一个与我迎面相对，她额骨平滑，肤白，五官精致，整张脸似昂贵的瓷器。另一个女人背对我，顺滑的黑发闪出令人产生美好联想的光泽。她们不紧不慢喝着咖啡，瓷器女人接过一只文件袋，放入身侧西瓜红手提包。她眉角微扬，端起咖啡杯,又放下,她说,希望我们今后合作愉快。背对我的女人后脑壳往左摆,又往右摇。

难道女人是"摇头"么,拒绝对方的盛情?我处在无聊中,观察旁桌女人,心中否定了这个答案。我猜她似警惕的鼠类,在观望周遭动静,担心隔墙有耳。或者是我想多了,我还打算想更多时,小林似一阵旋风,步入咖啡馆,进入我视线。

小林说,田健,抱歉,来晚了我。

我说,确实晚。

小林说,我故意的,想考验考验你。

我说,有些人,比如我,是经不住考验的。

小林说,我算是看出来了,说好听点,你有个性,说难听点,你这人没耐心,也无趣。

我想这次相亲,我遇到一个爱说教的奇葩。瞄了两眼腕表,指腹敲击冰凉的玻璃桌面,我说,小林,我等你来,不是想听你如何评价我。我只是为了跟你说一声再见。我,不想不辞而别。

邻桌那张背对我的后脑勺调转一百八十度,瞥我一眼,目光仿佛触了电,立马缩回去。我看清了那张脸,仿佛置身梦中。我还想再看一眼,抬手揉眼睛,再看,是满目的黑发。

小林说，田健，你就这么开不起玩笑。

直起身，我往距离一米多远的邻桌迈步。身后传来小林控制音量得体的喊声："田健，真走你?"止住脚步，停在两个女人桌边，我说，老同学，你还是老样子，一点没变。你不记得我了?

瓷器女人望了一眼我，目光又转向直发女人。

直发女人说，抱歉，你大概认错人了吧?

我说，真不记得我了你?

直发女人说，先生，都21世纪了，你追女孩的方式真够老套。

我一阵面热，连耳根都在冒热气。再看了女人一眼，她就是我同学姚丽华，千真万确。难道她失忆了，或者有难言之隐?我似受辱的野兽，沮丧地返回座位。

小林说，田健，遇到熟人了?

又说，她真是你老同学?

我说，我像随便开玩笑的人么!

从驼色手提包摸出一张名片，我返回直发女人身边，将名片递给她。我说，卡片上有我电话。直发女人不接名片，雕塑似的纹丝不动。我将名片搁咖啡杯旁。她喝的卡布奇诺。在椰城三中上学那会儿，她就爱喝卡布奇诺。

转身走，我想起那杯拿铁没付款，掏出一张百元钞票，用瓷杯压紧。我说，小林，喝茶喝咖啡你自己点，我请。继续往咖啡馆门口走，我头也没回。我是不敢回头，怕看到姚丽华冷漠的面孔。

背后响了个炸雷，是小林撕破脸愤怒的吼声——田健，你这人不仅没耐心、无趣，还没教养！

六

过去有一段时间，我热衷于阅读《圣经》里的故事。耶稣说："你们求，必要给你们；你们找，必要找着；你们敲，必要给你们开。因为凡是求的，就必得到；找的，就必找到；敲的，就必给他开。"

我有种不祥的预感，总觉得会有事发生。

天气燥热，好些日子，我没去广告公司上班，反正公司是我二叔的，他根本没指望我能干出点有出息的事。窝家里，我不时瞟两眼手机，担心错过电话。手机响铃时，我希望是姚丽华打来的，却不是，那些电话要么是打错了，要么是地产中介的看楼邀约。

我从阳台寻来两只哑铃，练臂力。挥动手臂时，我突然想起咖啡馆的瓷器女人，似乎在哪见过。隔了差不多半小时，我才想起来，瓷器女人是孔铁军的竞争对手。

椰城持续高温。在一个超出椰城历史最高温度的日子，坊间传出孔铁军遇刺的消息，伤者在重症监护室，生死未卜。伤人事件在网上传得沸沸扬扬，有人说是竞争对手买凶杀人，有人说是小三情变伤人，也有人说是孔氏家族内部纷争。

那天下午，我躲空调房避暑，接到一个陌生号码拨来的电话。她自称是姚丽华，约我见面。在那次偶遇的咖啡馆，我手握装柠檬水的玻璃杯，开门见山说，姚丽华，你回椰城，不会是来找孔铁军麻烦的吧？

姚丽华说，我不想谈这事。还记得从前吗你？

我说，那天下晚自习，我等你等到半夜。

姚丽华说，抱歉，那次不辞而别。我没想到那么快，姓孔的就安排我和我妈离开椰城。我妈告诉我，他和我爸之间有协议，我爸不在了，他保证我们安全，助我们隐姓埋名生活。后来我和我妈一直在香港，几乎没人清楚我们下落。

又说，那次赶走小流氓的是你么？

目光望向姚丽华身后的阔叶植物。我说，哪次，我忘了。

姚丽华说，不想提就别提了。

我说，孔铁军遇刺，是你干的？

姚丽华说，我倒是想。她抿了一口咖啡，像是自言自语："我们都是有罪的人，谁能主持得了最后的审判？"

直视她眼眸，我说，真不是你干的？据说孔铁军信佛好些年了，他过得没传闻中那般好。不过，他养澳洲袋鼠、长臂猿当宠物，倒是真的。

姚丽华沉默，视线转向别处，她从包里摸出一张名片，递给我。指尖触到她手心，似冰片。她说，去香港后，我改了名字，叫谢安琪。她像是突然想起什么，微张嘴巴，惊讶地望我。她说，你以前不是叫孔健么，怎么改姓了？

我说，我爸跟我妈离婚后，我跟了我妈，上大学时随了母姓。

谢安琪目光似利刃，盯着我看，长久地、意味深长地盯着我看。

龙塘故事

一

从中科数码公交站到龙塘新村租屋,走路大约半支烟的工夫。

租屋楼下是一条窄街,天擦黑时,道路两旁便密布各色商贩,有人卖臭豆腐,有人卖热干面,也有人就地摆个衣摊,卖十元一件的山寨阿玛尼T恤、四十元两件的廉价花格衬衣。半夜,人迹消散,硕大的灰鼠从地沟蹿出觅食,也有满身疮疤的流浪狗,趴伏暗处沉睡,而没睡的鼓着腮帮的矮脚土狗,则站在昏暗的路灯下啃食来路不明的食物,或是眼望墙角模糊的黑影,恹恹地吐舌头。

相比白天红尘滚滚的喧闹,我更中意龙塘新村的夜晚,它幽暗、暧昧,仿若坐落村东头,霓虹灯招牌闪烁的温州松骨城。无论是夏天还是冬天,天冷或是天热,那里总有一帮穿短衣短裤露胳膊露腿的姑娘，她们肉挨肉挤坐在略显陈旧的人造革沙发上，要么嗑瓜子，要么嘴里叼一支女式香烟，无光的眼神盯看泛黄墙壁张贴的年历女郎，吞云吐雾。每次我和小谢途经此地，都会默契地慢下脚步，假装漫不经心，朝店里头瞟两眼、三眼。我喜欢她们似乎厌倦了一切，屌屌的、颓废的样子，但我没告诉小谢。

他跟我不是一路人。

小谢自称来自广西柳州，讲话却不带半点乡音。他习惯紧锁眉头，送快递的时候，端饭盒吃快餐的时候，手捧《读者》杂志阅读的时候，他的眉头从没舒展过。偶尔，我脑壳里会冒出一个念头，想问问他，是不是从娘肚子爬出来时，他就一直愁眉不展，仿佛全世界的人都欠他的。

我在龙塘新村快住满半年了，小谢租住的时间稍短，大概四个多月。小谢是我快递公司同事，也是我的合租室友。他平常爱读书。每个月月初，小谢会买两本杂志，一本是《读者》，另一本是《知音》。他一字一句认真读完的杂志，有时我上大号会顺手捡起翻一翻，里头故事五花八门，俄罗斯姑娘爱上河南保安小伙儿、网红拜金女豪门梦碎……某次，我在杂志里读到雪莱的诗——冬天来了，春天还会远吗？

多数人会说,冬天来了,春天就不远了。

但我不是,我感觉自己一直生活在冬天,漫长的、寒冷的冬天,看不到尽头。我跟小谢谈起"冬天"的话题,他若有所思瞅着我,很认真地说,小马,你是个悲观主义者,这样好,也不好。好的是,不抱希望,就不会失望。不好的是,人活着,总要给自己一点盼头、一点念想。你说是不是,小马?

对小谢这番言辞,我能说什么呢,他对我过去的生活一无所知。

很多事,我和小谢达不成共识,唯有一点,我俩是一致的——我们都十二分讨厌夏天。在炎炎日头下送快递,热得人难受,特别是午后,感觉身体会像雪糕一样慢慢融化。尽管厌恶夏天,它还是来了。我跟小谢送完一天快递,携裹一身臭汗返回租屋,站在六楼逼仄的阳台,我俩边喝啤酒边谈论英国诗人雪莱。没有盐焗鸡爪,没有过油花生,雪莱就是我俩的下酒菜。

雪莱是个骗子。

一遍不够,我又强调一遍——雪莱是个骗子。

小谢盯着我看,一副恨铁不成钢的模样。他说,小马,你不懂。又说,其实你不懂也正常,你才读过几本书,奥斯特洛夫斯基写的《钢铁是怎样炼成的》,恐怕你以为是教人炼钢的科普书吧。可能是担心我下不来台,他又补充,小马,你喝多了,不能再喝了你!

确实,我不爱读书,也不认识奥斯特洛夫斯基。

念中学时,只要眼睛一碰书页密密麻麻的铅字,瞌睡虫就会爬到我身上来。那时父母远在东莞打工,一年打不了一回照面,奶奶更管不了我,白天我经常逃课四处游荡,到桌球室看镇上染黄头发的混混打台球,看手杵椿木拐棍满脸老年斑的老头在树荫下走象棋……现在,结束一天的工作后,我喜欢在城中村游荡,就像是一条流浪狗,从东走到西,从南走到北,再从北走到南,从西走到东,打发时间。我知道龙塘新村这片城中村,哪里有常德牛肉米粉店,哪里有沙县小吃,哪里有重庆万州烤鱼馆。还有按摩店,哪一家是正经做生意,哪一家能"打飞机"寻欢。我像熟悉身体的器官一样,熟悉那些店面的位置。

除了闲荡,我会在半夜睡醒时,梦游般掀开窗帘边角,瞟一眼斜对面租屋五楼的窗口,那里有时亮着灯,能目测到灯光下静默的影子,似一棵草,纤瘦而安静。若对面没亮灯,我眼里则是一片苍茫的黑暗,但也能瞅见那道黑影。

是我想象的幻影。

我想就算世界上所有的灯都熄了,五楼的女孩在我心里，依然散发着光芒。她长得像我过去在烧腊店当送餐员时认识的一个湖南女孩，名叫——玛丽。我搞不懂世界上为什么有长得这么像的人，就像我搞不懂小谢，为何他嘴里总是不停地嚼着口香糖。

仿佛口香糖是他的鸦片。

二

那个女孩，我在沙县小吃店遇到过一回。她点了一笼煎饺、一盅乌鸡汤。汤盅旁摆只装满辣椒酱的瓷碟。女孩伸出竹筷，夹起煎饺，放入酱碟，裹一层酱汁。再把煎饺夹进嘴里，抿嘴嚼。女孩似只吃胡萝卜的兔子，嚼得慢条斯理。

我想象自己深吸一口气，站起身，拢过去，一屁股坐到女孩对面，找她搭讪，问她要手机号码。女孩爽快答应了。

我沉浸在愉快的想象中。

直到女孩离开，她的汤盅空了，她的座位也空了，我始终坐在另一张油腻的桌台，似尊雕塑，岿然不动。女孩的背影消失在夜色里，她穿的是一条碎花连衣裙。女孩长得不算漂亮，但也不丑。她太瘦了，像一只营养不良的驯鹿。若我成了她男朋友，我要把她当宠物养，帮她长点肉。

我猜女孩应该是在罗湖区、福田区或者南山区某个租赁高档写字楼的公司当文员。我想哪天再跟她遇上就好了，若有下一次，我一定鼓起勇气，跑去跟她要电话号码，或者加她微信，再向她表白。退一万步，实在不行，我就直接去她租屋，敲她房门，告诉她我要泡她，要把她养成一只肉嘟嘟的驯鹿……走到租屋楼下，心中那团勇气伴随迈动的步伐，泄得一干二净。我打起退堂鼓，心想就算女孩马上站我面前，我也不敢开口讲半个字，肯定早就变成一个涨红脸的哑巴。有些事，我在梦里才敢干，现实中，我不敢。

抬头，眼望六楼，租屋客厅亮着灯。我想起小谢，沮丧的心情好了不少，至少我比他要好些，小谢是个遇见蟑螂、蜈蚣都会躲路走的人。我眼里，他是个厌人，比我更厌。

回到租屋，心脏仍在不同寻常快速地跳。我突然很想说话，想跟小谢聊一聊，一人开一瓶青岛啤酒，聊一聊那个营养不良的驯鹿女孩。但目视小谢嚼口香糖，草率地扫我一眼打招呼，然后目光又转回《读者》杂志潦草的表情，我迅速斩断了跟他聊天的念头。

洗完澡，我从浴室出来，厅灯熄了。小谢已回他的卧房。房门紧闭。他闷在房间干什么？可能是继续看书，也可能是躺床榻发呆或者睡觉。我也关紧房门，将门反锁。打开墙角行李箱密码锁，拿出存钱的铁盒，我将铁盒摆床上，揭开。

盒内有一沓钱。

有时无聊，无事可干，我会数钱玩，并且故意数错，好再数一遍、两遍，借此打发时间。这次点钞，数额是四千块。我又数了一遍，不多不少，四千块。本来我已经存满五千，前段时间手机坏了，我拿出一千，买了台"小米"。奶奶一直独自生活在四川乐山老家，马上过六十岁生日，我计划奶奶生日前给她寄五千块钱，让她拿这笔钱去县城医院做白内障手术。

将那叠钞票放回铁盒，码整齐。闭眼，我伸出手，捡起那叠钱。睁开眼，我又数了一遍，我很想把四十张纸数成五十张。结果，数额依然没有变化。我决定找小谢帮忙，开口找他借钱，借一千块。

敲响房门。

敲到第三下，门先是开了一条缝，一道光照我身上。他说，有事？我说，想找你借点钱。他说，多少？我说，一千，只要一千。我把奶奶患白内障，寄钱给奶奶做手术的事告诉了小谢。我没告诉他更多关于我家的事,估计他也不想听。然后房门打开了,室内的灯光全洒我身上。他说,没问题。他从折叠的黑色钱包数了一千给我,他的钱包立马瘪了。

我没料到,找小谢借钱如此顺利,之前想好的一大堆恭维、讨好的话没讲出口,钱就到手了。第二天,我揣着五千块钱跑了趟邮局,填好汇款单,我仔细地核对,默念一遍地址,确认没有错,才小心翼翼签名字,把手术费汇给远在乐山的奶奶。

走出邮局大门,小谢递钱给我时讲的那句话反复在我耳畔回响——小马,没想到你还是个孝子。

三

天气愈来愈热。

我希望这个漫长的夏天快点过去,可越是盼着时间快点走,时间走得越慢。度日如年。我想若是能从远方刮来一场台风就好了,将深圳的酷暑赶走。台风却迟迟不来。

租屋没装空调,只有两台卧式电风扇,我和小谢房间各一台。电风扇是我俩寻到二手家具店淘来的。启动电源开关,塑胶扇片便呼呼转动,像是肥胖症患者沉睡后,发出的巨大鼾声。

半夜,我被热醒,身上糊一层黏稠的汗液。起身,我掀起窗帘,对面五楼女孩的窗口一片漆黑。我脑壳突然冒出一个古怪的想法,若我跟孙悟空一样会七十二变就好了,我愿意变成一台电风扇,守候女孩身旁,天长地久地帮她吹凉风。

一想到女孩,加上电风扇扇片搅出聒噪的声音,我越发感到气闷,热,皮肤像燃起烈火,心里也似有团火在燃烧。我从阳台取下毛巾,打了盆凉水,将毛巾浸湿揩热汗,再把双脚泡冷水里。身上的温度总算降下来,燃烧的火总算灭了。

小谢卧房传来响动。

我猜他可能也被热醒了。随后他携带一身热气,从卧房走出来。那个夜晚,我终于跟小谢谈起对面租屋五楼的驯鹿女孩。我说,要是我能变成电风扇该多好,可以帮女孩吹风。小谢说,小马,变成空调岂不更好,更制冷。我说,如果是电风扇,肯定摆的位置离女孩更近,我能闻到女孩身上的肉香。小谢说,肉香,是汗臭吧。我很想告诉小谢他这个人除了爱读书,没一点情趣,最后看在他借过我一千块钱的分上,我忍住没说,没打击他。

聊完女孩,喉咙发痒,我伸出舌头,舔了两下干燥的嘴唇。我说，小谢，之前我们应该添台冰箱，那样的话，咱俩现在就可以边喝冰镇啤酒边聊天。说完我感到喉咙更痒了，一阵发干。小谢走到阳台，往楼下望，他说，下面黑灯瞎火，便利店都关门了。

返回客厅，小谢说，小马，想喝冰镇啤酒，是么？

我说，真热，这是我长到二十岁，过得最热的一个夏天。不过，我马上就要过二十一岁生日了。

小谢说，以前我读过一本书，有一家人没饭吃，肚子饿得慌，书里的男人告诉他家人，他可以用嘴巴帮他们煮饭，帮他们炒菜，还专门煲了一锅猪蹄花生汤。书的名字我忘了，但我记得用嘴巴做饭这件事。

我说，这不就是做白日梦么，有意思，跟我想变成电风扇一样。

又说，小谢，想干吗你？

小谢说，你说呢小马！

我说，来一瓶冻的，青岛还是金威？

小谢说，青岛啤酒，一人来一瓶。

于是，那个燥热的夜晚，除了谈比牙签更瘦的驯鹿女孩，我和小谢还装模作样地喝起冰镇青岛啤酒。当然，都是小谢用嘴巴买来的。后来，热情的小谢做了丰盛的下酒菜，白切鸡、卤水拼盘、烧鹅。小谢想再添两个菜。我说,够了,两人够吃了,吃不完浪费,等吃完再加。

喝完一瓶啤酒,我们又要了第二瓶、第三瓶。

估计是喝醉了,或者酒不醉人人自醉,我把家里乱七八糟的事倒豆子似的,全倒了出来。比如我爸妈在东莞打工,一场大火夺走他们的性命;我爷爷在我很小的时候害癌症死了,多年来我跟奶奶相依为命……

跟小谢边喝啤酒边聊天,基本上是我讲,他听。他安安静静坐我对面,假装喝酒、吃菜,关于他自己,他一个字也没提。对于我这种嘴巴一张,讲话就像打机关枪的人,小谢算是个合格甚至优秀的听众吧。

酒喝到最后,我记得小谢冷不丁张开嘴,冲我呵了一口气。他说,小马,闻到了啥你?

我说,一股子酒味。

他说,还有啥?

我说,一股子菜味。

他说,还有呢?

我说,没了。

他说,没闻到口臭么你?

又说,小马,我们都是同病相怜的人。

我弄不清小谢讲这些话是啥意思,大概他真"醉"了吧。

不知小谢从哪里摸出盒装的益达口香糖,打开盒盖,倒出两粒搁左手手掌心,抛进张成O形的嘴里。对面传来牙齿打架的磕碰声。小谢嚼口香糖的模样,真是粗鲁。

四

自从在沙县小吃店见过一次驯鹿女孩后,我再没遇到过她。白天或夜晚,无论什么时候,只要不送快递,我便跑下楼,野狗似的在龙塘新村闲逛。我想遇到她,不讲一句话,近距离看她一眼也行,我也会感到满足。

但老天爷似乎连这样的机会也不给我。

我想过,去敲她租屋的门。楼上楼下跑过多少次,我忘了,站在五楼钢质防盗门前,郑重地抬起手,默念一二三,那只手始终不敢往下落,仿佛落下去就是刀山火海。我发现自己敲门的手在抖,腿也在抖,只好找个借口,心说下次再来,下次一定敲。然后我转身咚咚咚跑了,跑得比兔子还快,仿佛身后有个凶残的猎人端着猎枪追捕我。

轮到下一回,我再次失去勇气,把敲门的机会又留给下一次。三番五次,如此循环往复,我的手指始终未能触碰到那扇钢质防盗门。

夜里,我一脸沮丧回到租屋。小谢说,小马,还没恋爱,你倒先失恋了。

有段时间,小谢老是拿我临阵脱逃这件事取笑我,直到某天半夜,隔壁房间传来诡异的惊叫,我抓住小谢的七寸,他的胆子比蚂蚁还小。事后,我俩总算打成平手,他便没再笑话我。

说小谢胆子比蚂蚁小,一点也没诋毁他。半夜听到怪异的叫声,我敲他房门,门打开后,我目睹脸色惨白的小谢,额头汗珠比黄豆还大。我说,小谢,咋了?

他说,房里有蟑螂。

我说,蟑螂呢?

他说,跑了。

我第一次听说,也是第一次看见,蟑螂能把一个二十三岁的男人(偶然一次,我见过小谢身份证,但不知证件真假)吓成这样,像是从死人堆里爬出来的。他说,小马,莫把这事告诉别人!

我说,就你这尿样,还怕丢人。放心,放一百二十个心,我会替你保密,小谢。

后来小谢又在半夜惊叫过,不是遇到蟑螂,就是遇到蜈蚣,或者其他竹节爬虫。他似乎没睡好,脸色一天比一天难看,一天到晚哈欠连天。粗看上去,他像个失眠病人,又像是吸了毒品,戒毒,却硬是戒不掉的人。

忘了是谁说——往后的天气只会更热,等着瞧吧!

这句话在这个邪乎的夏天应验了,天气果真越来越热,租屋里像燃烧的火球,安静地坐塑料凳上,汗水也会从毛孔冒出来,唰唰往下流。每天夜里,我和小谢都会喝一瓶啤酒。小谢酒量不好。我眼里,他除了是个歹人,还是个相当节制的人。他说,小马,我只陪你喝一瓶,顶多一瓶。

二十一岁生日那天,沃尔玛超市雪花啤酒做推销活动,买五瓶送一瓶。于是,我拎了六支雪花啤酒回租屋,顺带买了熟食,一只烧鸡、一盒鸭翅,再加两块钱油炸花生。天热,我和小谢都把长衣长裤脱了,穿条裤衩坐塑料凳上喝啤酒。

我干完两瓶,小谢干完一瓶。他说,不能再喝了。

我说,小谢,今天我满二十一岁。

他说,要不,我去把她找来,让她陪你喝。

我说,谁?

他说,杨桃。

我说,谁是杨桃?

扭头,小谢瞥了眼黢黑的夜空,又把目光收回来。默默地抓起一瓶啤酒,拿筷子撬开瓶盖,他似笑非笑说,我陪你喝。

我说，到底谁是杨桃？

他说，我一老乡，不说了，喝酒。

我也撬开一瓶酒，握住圆柱形瓶身，跟小谢的酒瓶轻碰。我说，干。

小谢越喝越猛、越喝越快。我估计，他起码喝了三瓶，跟我一样。他大概喝多了，目光望向我时，眼神空洞、迷离。像是考虑很久，他说，小马，我实在憋不住了，我不是怕蟑螂、怕蜈蚣。

我说，小谢，你到底怕什么？

他说，我经常梦到杀人。

我说，杀人，是人家杀人，还是你杀人家？

目光聚焦成一支箭，射向我。我成了小谢的目标靶心。他说，废话，当然是我杀人。

我说，小谢，你喝多了吧，开始讲酒话、讲醉话了。不能再喝了，我们不能再喝了。

其实就算我们想喝，也没有酒了，六支啤酒瓶都已见底。

小谢说，再不讲出来，我会疯掉。好多天，我整夜整夜睡不着，好不容易睡着，又接二连三做噩梦，那人死了，流一地血。血是从水龙头里流出来的。洗澡时，莲蓬头流出来的也是血，黏糊糊、红彤彤的血。

头晕沉沉的，抬手捶了两下脑壳，我说，小谢，有个事本来我打算烂肚子里，不告诉任何人。

他说，啥事？

我说，其实，我也杀过人。

五

后来我无数次回想起那个跟小谢喝酒的夜晚，首先想到的是乌漆墨黑的天空，似刷了一层黑漆，没半点星光。我和小谢一前一后上了趟洗手间屙尿，回来坐定，我便絮絮叨叨讲起曾经在罗湖区烧腊店当送餐员的经历：

估计那女孩跟鹅有仇，每次她都是点烧鹅饭外卖。送餐次数多了，我知道了她的名字——玛丽。有天夜里我吃螺吃坏肠胃，拉肚子。碰巧第二天中午送餐，送到玛丽住处，依旧是烧鹅饭。站门口，她接过外卖，见我不走，问我还有事？我说想借她家洗手间方便。我以为她会拒绝，没想到她同意了。若换作其他人，肯定不会答应我的请求。玛丽应该算是个善良的人吧，看她一直只点烧鹅饭，我猜她应该也是个专情的人。有时，我送外卖去她家，会遇到一个戴眼镜的男人，瘦得跟螳螂似的。看得出来，男人不是玛丽老公，但他打过她，还在她家摔过东西，打得她鼻青脸肿，摔得她家里像是发生过八级大地震。男人时而出现，时而消失，出现时感觉也不会有太多好事，直到有一天，我目睹玛丽头上包了圈白纱布。我知道，螳螂男人又对她动粗了，下手肯定不轻。我再送烧鹅饭时，就跟玛丽说，你得离开他。玛丽说，我要是走，他找到我，会把我杀了。盯着墙面纹丝不动的一只断尾壁虎看，想了三秒，我说，等着，我替你收拾他。

……

伸手，我抓起一支啤酒瓶，在眼前晃了晃，酒瓶空了，我又抓一支，再晃。我把所有啤酒瓶检查一遍，全是空的。我说，小谢，你大概猜到结果了吧！男人死了，玛丽再也没打过电话叫外卖。等我找过去，人去楼空，他妈的，玛丽不知跑哪里去了。

推倒一支啤酒瓶，哐当一声响，小谢的目光变成一潭深水，望不见底。他神秘兮兮地说，小马，你真不认识我？

我说，我当然认识你，你是小谢，爱看《读者》《知音》杂志的小谢。

扬起手，小谢轻拍我脸颊，拍了两下。他说，小马你看清楚，看清楚我的眼睛、我的鼻子、我的脸。

我说，我没喝多，小谢，我认识你。

小谢说，别再惦记五楼那个瘦女孩，她叫杨桃，两百块一次。你跟她去谈谈,指不定花五百,五百就能包夜,爽一晚。

我说,小谢,喝多了你。

小谢突然张开嘴,朝我呵气,呵了一口,又一口。他说,我有口臭么?

我说,除了酒味,没别的味。

小谢说,以前我在罗湖区一家物流公司上班,送货时,听到收快递的男人对屋里的女人讲,那小子有口臭,一张嘴讲话一屋子怪味。声音从门缝传到我耳朵。你知道后来么,我蹲守一个星期,男人从来不坐电梯上楼。结果你肯定猜不到,我在楼梯间把他杀了,连捅八刀,没想到那么瘦一个人,得捅八刀,才能要他的命。

双手捂脸,我感觉瞌睡虫来了,眼皮快撑不开。我说,小谢,你真会编故事,《知音》看多了吧!

小谢说,小马,雪莱不是骗子,你才是。

我分明看见,小谢眼里有个东西亮了一下,似除夕夜燃放的烟花,刹那间,眼眸又黯淡下来。

六

就在夏天快要结束,秋天将要来到时,小谢领完薪水，人间蒸发。他那间房摆的二手电风扇、组合衣柜，还有床上用品，他一样都没带走。当然，没带走的，还有客厅墙角那堆杂志。过去，他视它们为珍宝。

小谢走后，空出一间房，我想把奶奶从乐山接到深圳来，跟我一起住。我想带一辈子住山里的奶奶去大梅沙看海，看无边无际的大海。电话里，我跟奶奶好话歹话讲老半天，奶奶就是不愿来。我只好一个一个问同事，看是否有人愿意跟我一起住，好分摊房租。很快，我找到合租伙伴，是新来的同事小谭。

小谭搬来前，我收拾小谢房间，从组合衣柜摸出一个A4纸尺寸的白信封，打开，是一把锋利的匕首，刀刃、刀身沾满血迹。衣柜边角有一顶黄色太阳帽。我猛然想起罗湖区命案发生当天，我在玛丽居住小区的楼道口见过一个头戴黄帽子的背影。后来我辞职离开烧腊店，进了物流公司当快递员。小谢寻着味找来做我同事，他到底想搞啥子？我想起曾经许多个夜晚，躺床上，房门外响起的窸窸窣窣的声音，会不会是小谢手握匕首，趴木门上，打探我这边动静。那个经常神秘叵测对我笑的小谢，是不是在心里说，小马，若不是看你每个月要给你奶奶汇钱，我早对你下手了。我还想起那晚喝酒，小谢讲过的那些话，脊背一阵发凉，仿佛一阵寒风吹过，钻入脊髓，冷飕飕的。

其实我没杀过人。

大概玛丽以为螳螂男人是我杀的吧。

小谭跟我合住后，有天庆祝他乔迁，喝完三支青岛啤酒，我便不省人事。小谭说，小马，你顶多三瓶的量，以后少喝点，得控制。我再次想起小谢，他说，小马，我喝一瓶，顶多喝一瓶。小谢酒量应在我之上。

漫长的夏天总算过去。

深秋某个夜晚，我在龙塘新村窄街游荡，偶遇五楼的驯鹿女孩。城中村商铺节能灯白色灯光洒在女孩脸上、身上。她依旧是老样子，瘦，脸色惨白，瞧上去营养不良。我喊了一声——杨桃。眼角余光瞟向她，她扭头看我，目光空洞、茫然。

我没理她，低头继续朝前走，走进了浓重的夜色里。

人间盐粒

你们是世间的盐。盐若失了味道,怎能叫它再咸呢?以后无用,不过是丢在外面,被人践踏了。

——摘自《圣经新约·马太福音》

一

夜半,老伴入梦来。

清明节,老谢没回老家,自然也没去福寿店购置纸元宝、冥币,给老伴上坟。大约老伴手头紧,从地府托梦来了。醒来时,老谢脊背蒙了层细密的汗液,黏糊糊的。他说,梅子啊莫怪我,虽然我只是个伙夫,顺带干点接送孩子的活,但离了胡萝卜也整不出一桌酒,儿子他们需要我,你得理解。

老伴在世时,老谢就梅子啊梅子地唤老伴,老伴去世了,他还是梅子啊梅子地唤,一唤多少个春秋。老谢自称伙夫，那是自谦。即便真是伙夫，在孙子多多眼里，他也是孙悟空级别拥有七十二般变化的伙夫。

那些从油烟机蹿出的气味，老谢再熟悉不过。

气味辛辣，混杂着爆炒尖椒、泡椒、花椒的异香。老谢翕动鼻翼，猜测邻居厨房动静，钢铲在锅内有节奏地翻炒，油水足、香料厚，辣子鸡、蚂蚁上树、麻婆豆腐、干煸四季豆，每一回，他都能从阵阵烟味中估摸出食材和菜里添加的作料，八九不离十。三五次下来，他得出结论：邻居家饮食偏重麻辣口味，应该是四川人，或者是……

没有或者，老谢断定，邻居就是四川人，百分百。

每天，抬头能望见祥云的傍晚，六岁的孙子多多坐桌前练习写字、画画，老谢便蹲一旁择菜，绿的青菜、白的萝卜，抬眼间，阳台外的天色一截一截暗下来。儿子儿媳下班晚，老谢家做夜饭要比邻居迟，所以，他总能闻到隔壁的菜香饭香。

邻居又在炒辣子鸡。

油烟途经排烟管，蹿到他们家。多多撂下颜料笔，在鼻孔前方挥舞手掌，表达对刺鼻怪味的不满。冲邻居墙壁努嘴，老谢说，多多，猜炒的啥你？

闭眼作思考状，两秒过后，多多说，猜不到，爷爷你告诉我！

老谢说，是辣子鸡。这次炒法跟上回不一样，作料换了，没放干尖椒，放的是豆瓣酱。他看见多多吞了一口涎水，也发现了孙子眼神里的疑惑。又说，爷爷属狗的，鼻子灵，辨得出味。

多多便笑，像是信了老谢。但笑得没那么坚决，又像是没彻底信。老谢问过孙子多多，隔壁住的是不是四川人。多多摇头，脑壳摇得似拨浪鼓。老谢说，不是四川人么？多多说，他们是深圳人。老谢就笑，多多在深圳出生，大概他眼里，这座城市所有人都是深圳人。

聊邻居家的菜肴，是爷孙俩的固定话题。有时候，老谢也跟多多扯更多闲话，比如他年轻时拜师学厨艺，饱得、饿得、热得、冷得，流过的血汗、吃过的苦头最终都长成身体里的血肉；比如如何炒菜，如何把菜做得色、香、味、形俱全，如何做菜做得风生水起。多多似懂非懂，偶尔眨眼或点头，表示认可。

老谢说，那边炒鸡蛋，这回放了香葱。

老谢说，今天他们做了回锅肉，该早点起锅，晚个九秒十秒，肉就老了。

老谢说，做辣子鸡，得用鸡腿肉，剔除骨头后改刀将肉切成小块，再添盐、胡椒粉，洒料酒拌匀，腌渍五分钟，再拌淀粉，下锅时一定得掌握好火候。

……

扯起灶台上那些事，老谢目睹多多吞了一口又一口涎水，便打住话头，跑进厨房炒菜、淘米煮饭。他说，多多等着，爷爷也给你烧几样好菜，咱俩先吃，等你爹妈到家，咱再把剩菜热一热、回一回锅。

某个琥珀色的黄昏，老谢带多多到小区骑完自行车，爷孙二人坐电梯回家，偶遇邻居夫妻。老谢盯看女人拎的鹅黄色环保袋，两条翠绿的黄瓜从袋内露出头。他想黄瓜可以凉拌，也可以素炒。目光转向提黑色公文包的男人，老谢说，你们是四川人？男人眼瞳里布满惊讶，他说，嗯，我们是汶川的，那场地震，您应该晓得。

多多笔直站电梯角落，偷瞄老谢，小心翼翼地笑，像是生怕别人洞察他和爷爷的秘密。老谢清楚孙子笑容里潜藏的内容——终于，他们寻找到了答案，且是正确答案。

二

三个月前，他们居住的楼盘正式入伙，附带精装修。住小区里的人，来不及相互熟悉，彼此都还是陌生人。老谢就更陌生了，一个月前，到了"交班"时间，他安顿好八十出头的老母亲，才从老家奔赴深圳，帮儿子带儿子，即带孙子。

所谓"交班",也就是男女双方老人,来深圳帮忙带孩子,负责接孩子上学放学,他们半年轮一次岗,半年交接一次。

白天,儿子儿媳上班,多多上幼儿园,家里单剩老谢一人。无事可干,他会到楼下走一走、逛一逛。小区是按"公园化"标准建设的园林,绿植丰富,绿树成荫,甬道上有人遛狗,有人穿一身运动装散步锻炼,也有三五个老头老太太聚在休息亭玩扑克牌,斗地主、打升级,玩牌的人坐着,看牌的站着,热热闹闹围了一圈人。拢过去,老谢瞄几眼,听他们扯些家长里短,尽是些婆婆妈妈鸡零狗碎的琐事,感到无趣,他便迈腿走,从一群推婴儿车的老人中,劈开一条道,出小区大门。

围绕楼盘外围人行道,转上两圈,老谢走去附近万佳超市,购买当天做夜饭上桌的菜,荤菜多是猪肉、牛肉、排骨、筒子骨,素菜要么是时令蔬菜、叶子菜,要么是西兰花、西红柿、荷兰豆。

回屋时,差不多已是午饭时间。途经兰州拉面馆、快餐店,店内油腻的餐桌旁坐满年轻的食客,是从周边写字楼涌来解决午餐的白领。他们总是急匆匆的模样,面前摆一盘食物,兰州炒饭、盖浇饭、刀削面,三下五除二,囫囵送进嘴里。

那些男男女女,跟老谢儿子年龄相仿,或比儿子年纪短一截,他们吃得过于潦草。老谢想,也怪不得他们,深圳不比老家,吃喝拉撒,凡事都讲究速度,挣碗饭吃不容易。儿子儿媳不也一样,做生意早出晚归,夜里回家,吃不上几回热饭。

中午,老谢一个人,吃得倒简单,他不做饭,只下一碗清汤面,给自己。说简单,其实也不简单,虽是一碗面,但老谢有他的标准和要求。

先烧上半锅水,再准备拌面的作料,葱花、生姜和蒜瓣,生姜要切成丝,蒜瓣得拍碎,透出蒜香,再搁面碗里。待水滚了,将挂面下锅,用筷子打散,不能让面条粘一起,成一团糨糊。如今,老谢差不多只吃荞麦挂面,防糖尿病、防血脂过高,吃要吃出健康。荞麦面煮好了,浮于水面,捞进碗里,倒几滴香油、半勺酱油、一勺陈醋,再加少许锅里的面汤。最后,他将先前备好、洗干净的白菜叶,也就七八片,搁热锅过一遍水,打捞上来,放入碗中。

一碗清汤面,要味道有味道,要品相有品相,要健康有健康,对老谢来说,这并不比做一顿饭轻松多少。每天中午,经过多道工序,老谢腾挪出一碗热气腾腾的面条。

年轻人可能会嫌麻烦，说不如上美团叫个快餐，拿这些时间干点什么不好，刷个微信、发个朋友圈，也比下碗面条强。但老谢乐此不疲，相当享受这个过程。古语有云，食、色，性也。食排第一位，他觉得，对待吃，不能太草率。

下午，老谢会眯一会儿午觉，醒后，再泡一壶铁观音，啜几口茶，提神醒脑，也是养胃。过去，他有个喜好，弄完乡间宴席的菜肴，他会泡壶茶，静坐苦楝树下，闭目养神。那会儿，家乡的苦楝树成片地栽种，而今砍伐得差不多了，腾出土地，盖起了成堆的新房。

喝茶的间隙，老谢想起儿子儿媳。这次"交班"轮岗，他明显感觉到他们两人之间有问题，不睦。到底是啥问题，他也说不清，想找儿子问问，又不知从何说起。

究竟是啥问题呢？

就像下清汤面，忘了放姜丝或是拍碎的蒜瓣，缺那么点味儿。老谢隐约听闻过儿子和儿媳的争吵，他们都是背着他。老谢能触摸到某种令人不安的情绪，但竖起耳朵，也没能听清具体内容。

三

若儿子儿媳夜里不回屋吃饭,下午三点左右,最晚四点,会发条微信,告知老谢。他夜里做饭,就会少准备一个人,或者两个人的饭菜。

他们加班,赶不及吃夜饭,是常事。有时,要么儿子不在,要么儿媳不在,一家人难得凑齐吃顿饭。饭桌少一个人、两个人,孙子多多习惯了,老谢也习惯了。

周末,是一家人能聚齐一起吃饭的日子。坐饭桌上,老谢瞧出不对劲,儿子儿媳光顾夹菜扒饭,基本上是零交流。就算说话,也是一问一答,这边问一句,那边答一句,那边问一句,这边答一句。

老谢看在眼里,喊孙子多多吃蔬菜,不能尽吃肉,不吃素,容易犯便秘。他想找机会,跟儿子聊一聊,不能把日子过得别别扭扭的,谁谁都不舒服。他总是插不上手,寻不到机会开口,儿子一会儿躺他的卧房休息,一会儿坐书房电脑桌前处理事务,一会儿又陪多多看绘本、给多多讲故事。

屋外出了会儿太阳,一会儿又落起雨。落得老谢心里似长了草,总想将草拔掉。潮气蹿入室内,儿子站阳台抽烟，老谢假装漫不经心的模样，走去阳台，找儿子要了支烟，点燃，烟头瞬间亮起闪亮的星火。

儿子说，爸，不是戒烟了您？

老谢闻到空气中潮湿的气息。他说，陪你抽一支。

儿子说，有事？

老谢说，我没啥事，我瞅着你有事！

儿子说，爸，我好好的，能有啥事？

扭头，老谢冲客厅望了一眼，客厅空空荡荡。他说，你跟多多妈大学就处了朋友，毕业又一齐来深圳打拼，在一起这么多年不容易，现在日子比从前好过了，吃着山珍海味，可不能忘记曾经的过油花生、粗茶淡饭。

儿子沉默，猛吸了两口香烟，将燃烧的烟头杵阳台铁护栏上。

老谢还想继续抖出点道理。他估计问题多半出在儿子身上，儿子一天忙到晚，回家窝沙发榻、上洗手间，恨不得时时刻刻抱住手机。隔个三五秒，儿子就瞄一眼手机屏幕，像是等信息，再隔个三五秒，又忙着回信息。他是过来人，担心儿子心思不在正路上、不在家里。

儿子蹙眉，显然不想再往下聊。他说，爸，我明白。

老谢吧嗒吧嗒抽烟，干咳两声，直到香烟燃尽，他没再多讲话。事后，老谢有些后悔，看儿子的神情，肯定是出事了,该把话题再往深里扯,劝儿子悬崖勒马及早回头,莫去河边走,省得湿了鞋。

最近,老谢失眠了,他心里有事,放不下。

再过一个月,老谢就满六十岁,正正经经的花甲之年。按理说,他这把年纪,活明白了,也看通透了,不该有放不下的事,即便有,也不该为放不下的事失眠。但没办法,他硬是失眠了。对老谢来讲,放不下的事,已不多,儿子的事,算一件。要说最放不下的事,则是留守老家母亲的生活起居。

来深圳后,老谢把母亲交给小妹,请小妹帮忙照顾。他嘴里喊小妹,其实小妹也五十八了,在老家,也是一退休老太太。出门前,他跟小妹约定好,固定时间,每个礼拜六夜里八点,他会跟她和母亲打电话,没紧急事,小妹不用打给他。

所以,老谢最怕的,就是临时接到小妹电话。

越是担心什么,越是来什么。又一天黄昏,手机响铃了,老谢一瞧,是小妹打来的。他心头一紧,心跳到嗓子眼,脑壳闪出一个念头——老母亲出事了。小妹告诉他,母亲想吃他烧的红烧排骨。他的心脏一会儿天上一会儿地下,似坐过山车,好不容易才平复下来。

幸好,母亲没事,老谢舒了口气,告诉小妹,如何做谢氏红烧排骨——排骨得挑一字肋排，砍成段，四五厘米长，放入沸水中焯去血水，准备干辣椒、丁香、姜片、盐、老抽、生抽、料酒、冰糖等作辅料……又说，要用大火收汁，待汤汁变浓，再添入味精后起锅。老人吃得清淡，记得少放味精和调味品。

多多坐桌旁，手握彩色画笔，直愣愣地望老谢，眼里燃烧着小火苗，他说，爷爷，我也想吃红烧排骨，给我做红烧排骨吧！

四

儿媳出差了，儿子在外应酬。

老谢安顿好孙子多多睡觉，横躺床上，在黑暗中辗转、翻身。窗外传来雨滴敲击树叶的声音。老谢爬起床，重新穿上外套，在客厅沙发榻枯坐，等候儿子。

上一次阳台谈话，在老谢看来，对症下药似乎奏了效，儿子回家，眼睛不再时刻关注手机。他想趁热打铁，再敲一敲边鼓，彻底把儿子从悬崖边拉回来。

夜深了，老谢打了个盹，玄关传来木门撞击门框的声音。耷拉的脑壳抬起，儿子进门了，一脸疲惫和倦意，讲话满嘴酒气。老谢清楚，儿子在深圳打拼，说是自己开公司当老板，人前光鲜，其实也不容易。他强忍住，没找儿子谈，折回卧室。

如此两三回，老谢便放弃了深夜谈话。

多多喜欢狗，画画时，会画各式各样的狗，金毛、泰迪、斗牛犬、吉娃娃、哈士奇。多多还想在家养条狗。

谢家实行民主集中制，为养狗的事，一家人专门开会，只有多多一人举手赞成，儿子、儿媳、老谢三人反对，并达成一致意见——家里连人都照顾不过来，哪有闲心养狗。

但多多实在爱狗。

于是，空闲时，老谢便带多多到小区闲逛，看小区养狗的人遛狗。那些狗，品种各异，身材有娇小玲珑的，也有壮硕威猛的，多多都不怕，近身逗它们玩。隔远瞧，俨然就是狗的小主人。跟狗玩时，多多十二分开心，离开狗往家走，他立马露出落寞的神情。老谢安慰说，多多你看，家里不养狗，小区的狗，等于全是你的狗，还由别人替你养着。你再想一想，是不是这个道理！

多多摇头，又点头。完了又觉得不对，他说，爷爷，我想把狗养在自己家。

老谢说，说的啥你？

多多说，我想在自己家养狗。

老谢说，大声一点你。

多多就把音量提高了许多倍，扯着嗓子喊——爷爷，你是不是耳朵听不见了？

老谢说，年纪大了，老了，耳朵不灵了。

多多说，没事爷爷，反正你鼻子灵。

后来，多多把老谢耳朵的毛病告诉了爸妈。回头儿子嘘寒问暖关心起老谢——爸，明天我们上医院，做个检查。

老谢说，老毛病了，不碍事。

儿子说，查一查，有病早治，无病先防。

老谢说，这毛病，你妈在世时就犯，时好时坏，不查。

拗不过老谢，最终他们没去医院。但家里人跟老谢讲话，都主动把音量提高了。老谢说，声音再大点，再大点声。他们就再把声调往高里喊。

儿子儿媳拌嘴，有时背着老谢，关了卧房门。老谢听不清他们为何事吵，但细瞅儿媳的怒容和红眼圈，他知道，是吵了一大架。有时他们急眼了，也当着老谢的面，压抑火气和声音，斗嘴。老谢无动于衷，目光注视电视机屏幕，或者捧一本烹饪书，眼睛连眨都不眨一下。

五月十二日，多多幼儿园组织家长开放日活动。老谢跑了趟幼儿园，参加活动的人，多是银发老人，不是孩子的爷爷奶奶，就是孩子的外公外婆，领着孙子或外孙，在园内蹦蹦跳跳，做亲子游戏。多多说，爷爷，我幼儿园都快毕业了，妈妈只来开过一次家长会，爸爸一次也没来过。老谢说，爷爷不是来了么？多多说，王天成不是爸爸来，就是妈妈来。老谢知道孙子提到的王天成是他同学。老谢说，这件事，我们得重视，下次家里开个会，讨论讨论，看安排谁来，是爸爸还是妈妈，好不好？！多多扬起手，伸展五根手指头，踮脚起跳，跟爷爷击掌盟约，连击了三次。他说，爷爷说话算话！又说，爷爷，我说的话，听到了么你？！老谢张开嘴，又闭上，郑重地点了下脑壳。

从幼儿园回来，步行至小区楼下，老谢目睹邻居四川夫妻，他们站在自制的铁皮桶旁，烧黄纸钱。夫妻俩神情肃穆而忧伤。老谢意识到，这一天是汶川地震日，那场刻骨铭心的灾难影响了无数人。邻居家仅两口人，家中没有老人，也没有孩子，他们大概在祭奠亲人。

老谢忆起过世的老伴，还有老伴患癌临终前最后那段灰暗的日子。阳光普照，夏季的风吹在老谢身上，却令他感到无比寒冷。

五

老谢闻出丁点蹊跷。

去年国庆节,儿子参加高中同学会,跟失联多年的某位女同学接上头。一听儿子女同学的名字,老谢存有印象,还是女孩时,她跟一帮同学一起,来老谢家做过客。当时老伴梅子健在,老谢下厨,做了满桌菜招待儿子那帮同学,其中有他的绝活——全家福。他们对老谢的厨艺赞不绝口,吃得连汤汁都没剩下。

老谢了解儿子,清楚儿子是个念旧的人,但丁是丁卯是卯,有些事必须得清楚分寸和界限。越过界,那就是蹚一摊浑水,到头来长一身嘴巴也讲不清楚,若是陷进去,就更难办,谁知道那份旧情能持续多久。抬头,老谢仰望黄昏的天空,考虑着一二三,该如何点醒儿子,厨房的活计他拿手,此事倒是难到了他。

手机持续响起铃声,一看,是小妹拨来的电话。不等那边开口,老谢说,小妹,咱妈又想吃红烧排骨?!

小妹说,哥,妈洗澡时摔了一跤。

心头一紧,老谢说,啥情况现在?

小妹说,右臂骨折,我们在医院。

老谢说，我这边做好安排，明天买高铁票回。

小妹大概知道老谢在深圳的难处，也体谅他的难处。她说，哥，目前我顾得过来。

老谢沉默。

小妹说，妈只是骨折，没其他毛病。真出了大事，我不敢瞒你。

老谢说，那好，这段时间辛苦你。

小妹说，哥，咱妈是你妈，也是我妈。

听小妹说得动情，老谢眼窝湿了，差点流出眼泪水。他说，你那边也有一大家子人要照顾，哥心里有底。

没滋没味儿地做完夜饭，儿子回家，老谢没提老家发生的事，省得儿子跟着干着急。多多睡觉前，悄声跟老谢说，爷爷，你接电话时，耳朵真灵。话毕，目光注视老谢，抿嘴，扬起眉毛笑。老谢说，多多，别告诉你爸妈，这是咱俩之间的小秘密。

老谢跟多多聊起往事，他当乡村厨师那会儿，斗宴大会切磋厨艺，他以秘制"全家福"一战成名，村子周围方圆十公里地，婚丧嫁娶红白喜事、做寿庆生都请他办宴席，最多的时候，流水席，一两百桌……末了，他感叹道，我们那个时代过去了，人往高处走、水往低处流，现在年轻人都爱往城里跑讨生活，村子空了，人情也淡了。

接下来，老谢谈起了吃，民以食为天，这是他最愿意谈的。老谢说，多多，香芋扣肉你吃过吧，工序繁琐，如今没几个厨师愿意做。香芋扣肉爽不爽口，最大的秘密不在食材，五花肉和芋头，而在调制的酱汁。那时，大家伙都爱吃我做的香芋扣肉。

又说，要说他们最爱的，还数我的秘制招牌菜——全家福。用鸡肉、火腿做主料，配冬笋、鱿鱼、海参、鲜虾、蔬菜等做辅料，主家点这道菜，一是口味正宗，二是求个好意图。

听得嘴馋，多多说，爷爷，我要吃全家福。

老谢说，自打你奶奶过世，我就没做过这道菜，可不好做。

多多认真地盯看爷爷额头，默不作声。

老谢说，全家福，要弄出好味道，不容易。过去多少厨师学爷爷，依葫芦画瓢，也没能做出那个味。他们哪里晓得，这道菜的精髓，是要用情。

目光凝视多多，又挪向悠远的蓝色天空，老谢说，爷爷答应你，做给你吃。人活着，吃的是人间烟火，对待吃，千万不能草率。

六

深夜,老谢醒了,隔墙的邻居那头,似乎传来星星点点的哭声,听起来真够恓惶,那对四川夫妻,不知他们到底经历过什么。好半天,老谢睡不着,一阵一阵嘀咕,像是跟自己讲话,又像是跟老伴梅子讲话,话题跟儿子有关,扯起来没完没了。

再醒来时,天亮了。

这一天,是老谢六十岁生日,他谁也没告诉,只是交代儿子儿媳准点下班,一家人坐一起正经吃顿饭。

大清早,老谢跑去超市,购买食材,做全家福的食材,也备好了作料。忙忙碌碌准备一上午、半个下午,他干坐客厅,等待孙子多多放学,等待儿子儿媳下班。老谢以为儿子忘了他生日。天黑下来时,儿子儿媳破天荒摸着饭点回了家,顺手带回两磅装的芒果味生日蛋糕。

一家人围坐在热气腾腾的象牙白餐桌前。

儿子说,爸,好些年没吃过您做的全家福了。

老谢说,你妈走了,我哪还有劲头做这道菜。学艺那会儿,师父告诉我,烹饪和过日子一个道理,不能少了盐粒的调剂。还有,过日子得用真心、认认真真地活;烹饪也一样,要投入真感情,施以真心,终得真味。

又说,过去我也迷糊过、荒唐过,摸摸索索到今天,才真正明白师父的教诲,他不只是授艺,更是施予做人之道。

儿子默了声。

饭桌上,仅有筷子撞击瓷碗的声音,牙齿与牙齿、饭粒、食物摩擦的声音。这顿饭,老谢一家人吃得其乐融融。

饭后,熄了灯,他们点亮生日蜡烛,一家人为老谢唱了中文夹带英文的生日祝福歌。老谢手握塑料切刀,预备剖蛋糕,多多提醒说,爷爷,先要许愿吹蜡烛。

老谢贪心,心中秘藏好些个愿望,一是希望儿子一家和和美美,少点风雨,多些晴朗;二是希望老母亲延年益寿、长命百岁,他来深圳带孙子,也能少些牵挂和担忧……

"交班"半年,一晃眼过去五个月,仅剩一个月。老谢吹灭生日蜡烛,阳台外是万家灯火,黑暗中他想,家里老母亲不知身子骨能熬多久,再轮个半年,若是母亲身体过得去,他还得赴深圳,继续发挥余热轮岗上岗,这个家有他守护,至少后辈们的日子过得没那么糙。

家乡是你的后院

从深圳市到官垱镇,从官垱镇到深圳市,两地距离1100公里。这条路,他四年前走过,开车13个小时。那年春天,父亲从官垱镇打来电话,告诉他母亲患病的消息,他抛下妻儿,驾驶那辆黑色汉兰达,翻山越岭,一路风尘,带着疲惫,也带着莫名的忧伤,三更半夜赶回老家。

他离家到深圳工作、生活,十年有余。头五年,他似只候鸟,每年春节由南往北回一趟家。再后来,在深圳安了家,逢年过节,便是父母赴深圳,他很少再回官垱镇。

母亲做完手术,好了三年,也是拖了三年,再一病,癌细胞转移,说走就走了。似乎他早已作好母亲离开的准备,或许是经历多了,看开了,人不过是苍茫宇宙中的一粒微尘,他没有过多悲伤。送别了母亲,那个雾蒙蒙清冷的早晨,他携带行李,返回深圳。只是,送他的人,少了母亲,而父亲,已是风烛残年。

开会时,出差时,陪女儿多多上舞蹈课时,偶尔他会想起母亲,便掏出烟盒,迈步到吸烟区,点一支香烟。他想起过母亲年轻时的模样,要去寄宿学校了,临行前,母亲偷偷塞给他十块二十块钱,交代他吃饱、吃好,别饿着,莫在吃上省。他也想起过母亲患癌后的病容,面对他,鼠灰色的脸仍满是笑容,返回深圳前夜,母亲支走父亲,从衣柜摸出一叠钞票,得有七八千吧。一只枯手捏紧钞票,递给他,哑声说:"这钱我怕是花不上了,给你。本来也是给你攒的。"他听不出声音是幸福,还是伤悲。接过那叠钞票,他一张一张数,当中一张粉纸的编码,他记得。这些钱是过去母亲赴深圳小住,他零星给母亲的,母亲没舍得花。他抽出一张,留下,说带回深圳给多多买糖吃。余下的钞票,又递还给枯手,他说,妈,您会好起来的,往后的日子还长,有的是时间花钱。

谈到花钱,他似乎没多少空闲花钱,工作说是朝九晚五,每天却早出晚归,忙得连轴转,隔三差五加班加点,到处飞来飞去。他有两个爱好,一是跑步,二是抽烟。跑步不去健身房,都是户外运动,用不着花钱。抽烟,多少得花点,两天一包烟,45元。他没算过抽烟的花销,供房后,妻子给他细算了一笔账,劝他戒烟,费钱事小,关键是有害健康。他当然听得出妻子的弦外之音,尝试戒烟,两个月后,放弃了。跟跑步一样,抽烟是他忙里偷闲的放松方式,他割舍不下。

在上海谈完项目,坐高铁回深圳,座位上清一色全是倦怠的面孔,他想起某部电影,灾难发生后,逃荒的人群。他还想起女儿多多,每次出差,他会给女儿带一样礼物,芭比娃娃、哆啦A梦、大白、小黄人,或者其他如乐高积木之类的玩具。这一次,行动匆忙,他没来得及采购礼物,他在考虑找什么理由,搪塞女儿。合作项目谈得并不顺利,他估计还得一趟两趟往上海跑,皱眉,目光注视迎面走来身材丰满的高铁乘务员,他发现女孩额头窄得像一道沟渠。女孩嘴唇一张一合,推销盒饭、咖啡、各类零食,没人搭理她。他要了一杯美式咖啡。其实他并不想喝咖啡,而是想喝酒,白酒。

上一次喝醉是什么时候,他想起来,是母亲过世,他回家奔丧,跟一帮亲戚,那些跟父亲母亲一辈、跟他一辈的亲戚,他感到陌生。一杯一杯给他们敬酒,他希望把这些陌生人喝成熟人,再重新喝成亲人。事后父亲告诉他,他在酒桌上喝断片,哭得稀里哗啦。

高铁抵达深圳前,接到父亲电话,交代他无论如何回一趟老家。他问缘由,父亲似个任性的孩子,死活不讲理由，只是说，要你回来，你回来就是。这一点也不像父亲过往的风格，以前，父亲总是叮嘱他，好好工作，不能为一点儿女事，耽误干正事。他隐隐感到不安，猜测父亲是不是已大病缠身，怕他担心，故意瞒他。

到家时，天黑了，他仍在揣摩父亲的话——无论如何回一趟老家，要你回来，你回来就是。理不出头绪，他那颗崩裂的牙齿又开始痛了，口腔科医生建议他做烤瓷牙，整饬那枚坏牙，他一直拖着，没去医院。他计划从老家回来，预约医生落实方案，割除病根。

牙痛，痛得脑壳成了废墟，他手托腮帮，目视女儿多多冲他笑，伸出手。多多说，爸爸，礼物呢？他装作恍然大悟的样子说，糟糕，礼物落酒店了。他谎称买了礼物，忘了带回家。多多嘀咕说，爸爸，你真是个笨蛋！话毕，女儿去搭乐高积木，没再纠缠他。

他知道，跟实话实说相比，谎言效果肯定更理想。

在深圳，不落雨的夜晚，他每天都会出小区，沿福龙路那截绿道往返跑。

那条路，幽静，行人极少。跑完，他流着黏糊糊的汗液，坐路边绿化公园条凳上，点一支香烟，凝视疾驰而过的车辆，或者发呆愣神。一支烟抽完，他再点燃一支，待两支烟抽完，起身回家。有时候，他会想，自己到底是喜欢跑步,还是喜欢跑步后独自静坐、放空。他也不清楚答案究竟是什么,或者两者兼而有之。就像小陆问他,你到底是爱我,还是只想睡我?他嘴上给了她想要的答案,心里其实并不清楚真正的答案是什么。

他躺床上他睡的位置,耳旁传来妻子细微的鼾声。

想别的事,他睡不着,中美贸易战,公司一大堆乱七八糟的事待他处理,还有银行那笔贷款,一直没敲定,他还等着这笔钱放出来,给员工发薪水。他打算安排好手头的工作,尽早回一趟老家,看望父亲。母亲去世后,他邀请父亲来深圳长住,父亲一般住两个星期,顶多三个星期一个月,就嚷嚷着要回官垱镇。父亲说起谁谁谁,摸麻将时,头一歪人就去了;又说起谁谁谁,肝癌晚期,几天不见人就没了……那些人都是父亲的老熟人、老朋友。父亲说,他们,都是见一面少一面,得常回去看看。

隔壁传来古怪的声音,似电锯切割某类硬物。爬起床,他瞥了眼客厅墙面的挂钟,23:12,站立阳台,目光望向远处,新区大道的路灯亮得晃眼,他突然想去跑步。夜里八点多钟时,他已经跑过一次。犹豫着,他换了运动装备,出门。

路上没一个人,全是大叶榕摇曳的暗影。拐弯时,他目睹一个胖男人,身形弓成一只虾,大概是喝醉了,胖男人一口又一口呕吐,胃清空了,再干呕,肺都快呕出来,似要吐出五脏六腑。他闻到一股馊味,迈腿快跑。

跑远后,停止脚步,他意识到,自己出门并不是真想跑步。走过一道红绿灯,他来到一栋公寓楼下,小陆曾在此租过房子,六楼,601室。他不清楚她现在去了哪里,也不清楚他当初怎么就跟她搅在了一起,像一粒融化的糖,跟另一粒融化的糖,粘贴成一块。

小陆是女儿多多幼儿园班主任老师。

抬头,眼望六楼,一片黢黑。他想,现在那个一室一厅的空间,住的是谁?眼前出现小陆蓬勃的肉身,他闻到某种气息,年轻的、蛮野的、潮湿的,带着青草味的气息。他知道,是小陆身体散发出来的味道。那个窄额女孩,似乎从来就没有快乐过。那会儿,他想拯救她,想让她变得快乐,他也想拯救自己,想在一潭死水生活的岸边,打个水漂,泛起点波澜。

夏天的时候,幼儿园组织海边亲子活动,他们四组家庭和小陆老师分在一栋海边民宿别墅。凌晨时分,家长和孩子都睡了,多多也睡了,他口渴,跑到客厅寻水喝,目视小陆坐餐桌旁,手握一罐百威啤酒,窄额下的眉头紧蹙。小陆的目光像是盯看摆放桌面的啤酒罐,又像是盯看眼前的双开门冰箱。他发现,那道目光里藏有厌倦,又藏有不屑，对世界的满不在乎。

他跟她打了个招呼。她邀请他一起喝啤酒。他们坐在一起，面对面。喝完第二罐啤酒后，他说，陆老师，每次开家长会，看到你跟孩子们一起嘻嘻哈哈，私底下，我发现你并不快乐。

小陆说，多多爸爸，我关注过你的微信朋友圈，经常看你发一家人喝下午茶或是出游、旅行的照片，你们一家人真幸福。

他说，谢谢！

小陆说，实际上，你是个孤独的人吧！

他盯着她的窄额看，看到了她眼神里一半的厌倦和另一半的不屑。握起啤酒罐，他说，陆老师，我发现了你的不快乐，你发现了我的孤独，咱俩为不快乐和孤独干杯！

后来某个雨夜，小陆发微信说电脑坏了，请他帮忙看看。微信发过来的地址，离他居住的小区，四百米。迟疑片刻，他换上运动装备，一路左顾右盼，鬼鬼祟祟去了小陆租住的公寓。她的电脑并没坏。从公寓下来，他感觉自己像是偷吃糖果的少年，尝到甜头，吃了一粒，还想再偷吃一粒，再一粒。

昂头，他凝视漆黑的窗户，视线又移向苍茫夜空。烟头的星火在黑暗中一闪一闪，抽完一支烟，用鞋尖踩灭烟头,他转身,往回家的路上赶。

妻子仍在熟睡中。

他的妻子是六年前经朋友介绍认识的,那一年,他29岁,跟妻子见面三个月后,两人对对方的印象都不差,但也谈不上有多好,反正就是觉得"合适",便去民政局领了证。妻子是个有计划的人,哪个阶段该做什么事,一年一年设定好目标,他们就一步一步铆足劲朝目标迈进。这些年,他们有了房子、有了车子、有了孩子,他也有了自己的外贸公司。

年初时,妻子跟他聊起新计划,生二孩。他们现在住三房,若生二孩,得换个更大的房子。他到底听明白了,妻子新一年的目标——生二孩,换二房。

每个月,妻子算好排卵期,跟他约时间,找他借种子。本来肉体的欢愉是一件激情的事、愉悦的事,因为有了明确的目的,变了味,他生出其他想法,身体也跟着有了想法,排斥妻子身体。每次造人,费了九牛二虎之力,但妻子那块土地始终没能长出庄稼、结出果实。妻子说,老二可能是看房子没着落,不肯来,我们先把房子搞定。

周末,他和妻子轮换陪女儿多多上培训班,去乐高搭智能机器人、去学而思念英语、去五颗星学画画,剩下的时间，妻子奔忙在深圳各个楼盘间，她要提前给未出生的老二准备好一个舒适的窝。

……

他将手搭在妻子生了赘肉的腹部，迟疑着，手被烫到似的，又缩回来。若是他继续往下探索，弄醒妻子，她会说，不是排卵期，做了白做，拉倒。

牙又开始痛了。

若旁边睡的是小陆就好了，他想。小陆似头小兽，床上运动时，她会突然跳起来，冷不丁在他胸膛、腰间、大腿内侧吮吸一口或两口，留下一排细密的牙印。他记得那个梅雨季，他们做完爱，小陆说，马路，爱我么你？他说，爱，当然爱。小陆说，现在我想去大鹏海边。阳台外落着淅淅沥沥的雨，他二话没说，赶去小区地库取车。黑色汉兰达驶上高速，车辆前方风雨大作，小陆眼望车窗外的雨雾说，算了，我不想去了。又说，我想要你，现在。他把车停靠高速公路应急车道，心惊胆战开启战斗模式。雨滴敲击车顶，车外传来呼呼风声和车辆呼啸而过的声音，他生怕有一辆车或一个人凑过来，惊扰他们。

他喜欢小陆不按常理出牌，又担心小陆不按常理出牌。

那段蜜月期，他经常做同样的梦：黄昏时分，小陆现身他居住的小区，敲响他家的门，闯进他的卧房，一言不发脱衣服，剥了裙子剥内衣，再躺卧房床上。画面切换，小陆站幼儿园教室讲台，突然对多多说，不要叫我陆老师，叫我妈妈，多多，我现在是你妈妈了……

他的担心是多余的，小陆除了第一次主动给他发微信，之后再没主动发过微信或短信，也没主动打过电话给他，直到最后离开。他记得小陆离开他的导火线，或者谈不上是导火线，她大概早就铺好了路。小陆问他，马路，你到底是爱我，还是只想睡我？犹豫五秒，像是慎重思考后给出的答案，他说，当然是爱你。她说，你一点也不关心我，不知道我真正想要什么。又说，知道吗，我根本不想当幼师，我想画画。我已经计划好了，过完这个夏天，我就辞职，离开深圳。

他想起小陆公寓有一本梵高传《渴望生活》，摆床头柜。听闻小陆要离开，他内心闪过一丝窃喜。跟小陆交往过程中，他曾经考虑过，她会不会像狗皮膏药一样，粘上他。他有家有口，经不起折腾。现在她要走了，他觉得挺好，至少不坏。他从手提包摸出一叠钱，递给她，她没接。他把钱放茶几上。她盯看那叠粉纸，伸手取钱，一张一张数。他的目光一会儿停留小陆脸上，一会儿停留小陆手握的钞票上，时间像溪水一样缓慢流淌。终于，她数完了，一万块。她注视那堆散开的钞票，指尖在纸堆里头刨,抽出一张,她说,你的心意,我收下了,剩下的钱,你拿走。他没取那些钱。她将那叠钱码起来,叠衣服似的,叠整齐,再放进他的黑色手提包。她说,走吧你,以后别再来。他出门时,她将留下的那张钞票递给他,她说,马路,这是我对你的心意!

那张钞票,他留了很长时间,有一天在办公室喝茶,他从钱包抽出带着他体温的钞票,意外发现左下角编码最后三个数字"520"。心颤了一下,又一下,他匆忙拿起手机,拨打小陆电话,不通,小陆已经换了号码。他去公寓寻找小陆,主人已是另一个陌生女孩的面孔。

第一套房刚供完,他们又开始供第二套房,四室两厅,145平方米。他没告诉妻子公司找银行贷款的事,若银行不放贷,他打算想其他办法,找一家财务公司,多付点利息,缓解燃眉之急。

办公台苹果电脑旁放了个木质相框,镶嵌他们一家三口的照片。他看了会儿女儿多多,又看了会儿发福的自己,目光最后停留在妻子身上。

最近,妻子敲定了二房,一门心思咬牙攻克生二孩的目标,食疗、运动、中医调理,各种手段都使上了。他感到前所未有的疲惫。夜里从公司回家,汉兰达停地库,熄了火,他会在车上坐10分钟或15分钟。他不愿回家,但一想到女儿多多，心就软了化了，伸手拎起手提包，下车，两条腿惯性似的往家的方向走。

那一次，妻子同学来深圳，他在北京出差。妻子给他汇报她的安排，来了个男同学，得尽地主之谊，陪同学吃晚饭。事后过了一个月，也可能是两个月，朋友跟他喝茶，聊天时无意中谈起，在维也纳酒店碰到过他的妻子，身旁跟一个陌生男人。他说，那是妻子的男同学，不过是一起吃了顿饭。朋友抿了一口茶，笑得意味深长。他知道，朋友那张笑脸底下藏着的内容。带着好奇心，趁妻子冲凉时，他查看她的微信朋友圈、聊天记录，好歹弄清楚那个陌生男人不只是男同学，还是妻子初恋。他一阵耳热，心情复杂，却没跟妻子捅破那层窗户纸。

小陆的身影又在他眼前晃。

他总结过，为何对小陆念念不忘，她眼神里的厌倦和对世界的满不在乎，令他着迷。小陆身上有的，是他一天一天正在失去的，他对生活的世界太在乎了，在乎房子、在乎钞票、在乎利益，在乎所有的一切。小陆留下那张"520"百元钞票后，悄无声息，似一阵烟消失了。他将那张纸钞小心地放钱包，后来给了母亲，他不想一直陷入泥沼里，想把腿脚洗干净，上岸，继续正确的、按既定轨道前行的生活。

他觉得妻子可能清楚他和小陆的关系。

幼儿园开家长会，他跟从前一样，前去参加。所有的程序跟往常没区别，只有他发现了小陆的别扭、紧张、不安，或者说，不正常。他们在一起时，他不提，小陆也不提。幼儿园再开家长会，他便找借口称公司忙，有业务接待，安排妻子参加。妻子回来后，跟他说，马路，小陆老师问起你，多多爸爸怎么没来？他隐约感觉到妻子软绵绵的话里，藏着枪炮和棍棒。

肯定跟那张他舍不得删除的照片有关。

有一阵，他手机照片文件夹存了张照片，是他和小陆分享身体后躺床上的自拍照，小陆吐着舌头，面无表情，看不出欢乐，也看不出悲伤，他那张面孔，眉角微扬，倒是显得无比轻松。两人的合照，在他手机里至少待了半个月，每天独处时，他做贼似的偷偷摸摸看照片，研究小陆的表情、他自己的表情，眼望手机屏幕咧嘴萌笑。那张照片，最终被小陆发现，二话没说删了，她说，万一照片流出去，你的家庭怎么办？多多怎么办？

那个窄额女孩，他实在猜不透她。

过去，他回老家官垱镇，一般住两晚，顶多三晚，再匆忙赶回深圳，处理公司事务。这一次，他没订返程的高铁票。从深圳出发,他踏上归乡的旅程,一路牙痛,他强忍着,想父亲的身体。他知道父亲患有脂肪肝,若只是脂肪肝,就还好,怕就怕不是。若是癌,那麻烦大了。

拎一只旅行袋,他回到官垱镇。

这些年,他是第一次秋天回老家,也是第一次认真、仔细地打量曾经生活的小镇,沿路树枝枯了、树叶黄了,枯叶随风飘零,小镇似蒙尘的旧物,无人清洁,一派萧瑟。邮电所旁的杂货铺,仍是过去的模样,只是,柜台里的人,伴随时间流逝,已由壮年变成老年。他记得小时候,经常手握母亲给的零花钱,跑到杂货铺买动物饼干、橘子糖、花生豆。他拢过去,买了一包芙蓉王香烟,店主已经不认识他。他走在官垱镇水泥街上,路过卫生院、自来水厂、供销社大楼,那些年少时眼中的中年人,鬓角白了、背驼了,他们老了,坐阳光下摸麻将、打纸牌。

小镇似乎是一个被上帝遗忘的角落。

外面的世界日新月异,他眼中的小镇,却还是从前的模样,只是瞅上去,曾经光鲜的小镇成了一张黑白老照片,陈旧、衰老,似一个被新世界遗弃甚至嫌弃的老人。

父亲在镇上的餐馆摆了几桌酒席,请来马氏家族的亲戚。终于,他明白了父亲的用心,想让他这只飘在深圳的风筝,跟族人多一点交流、增进一点感情。酒桌上,父亲说，我在世，马路这只风筝还有人牵着，若我走了，恐怕他再也回不来了，往后，你们这些亲戚见了面，只怕形同路人。还有，元宵节、清明节，给我们上坟的、送灯的人，该都没了。又说，马路，不管什么时候，你都不要忘了，家乡是你的后院。

给亲戚们一一敬酒。

白酒，他喝得节制。喝完，又一根一根给抽烟的亲戚敬烟，那些看着他长大的亲戚，都老了。他想，若哪天父亲真不在了，他跟这些亲戚，可能真会一天一天疏远，成为路人、陌生人。

堂兄手端酒杯走来，脸上挂满谦卑的笑容，跟他碰杯说，马、马……马总，祝你在深圳越过越好、生意越做越大。他不知讲什么好，沉默着将酒杯喝见底。他记得多年前的夏夜，跟堂兄一起，手举火把，在水田里、沟渠里，捉黄鳝和泥鳅。其实他很想说，这些年在深圳生活的压力，每天一睁开眼，便是想着如何还贷款，想着如何拓展公司的业务，想着如何带领公司那一帮年轻人，把路越走越宽、越走越阔。

一场酒喝完，父亲又召集母亲族人摆了一场酒。

他陪舅舅们喝酒、聊天。他们讲起他小时候的事，夏天偷甘蔗、偷西瓜，秋天爬院墙摘别人家的橘子，调皮是调皮，但脑瓜子灵活，会读书。舅家的亲戚们一个劲儿夸他。他动了情，说以前只顾奋斗，没顾上修补和维护亲情，以后要常回家看看，时刻记得自己的根在哪里。

父亲摆的两场酒，像是交代后事。但父亲只字不提身体状况，是肝坏了，还是肺坏了。夜色深沉，他和父亲走在深秋的冷风里。

他想起多年前，大学毕业那年夏天，离开官垱镇，父亲和母亲送他去车站，他们一家三口，走在晨光里，他恨不得长出一对巨翅，尽早飞往深圳，开启新生活。夜风刮在他脸上，他感到冷，环抱双臂。那一刻，他希望他们一家人，走的那段去往车站的路，是一条望不到边际、没有尽头的路。他们朝前走，走啊走，直到地老天荒。

他还想起了深圳的妻子。

也是在深秋，妻子加班，说忘了拷电脑里的资料。正好他在家，妻子要他帮忙拿电脑旁的U盘，将资料拷全送到公司。插入U盘，一张照片似锋利的针尖，刺痛他眼球。照片是他和小陆的合影。那张已被小陆删除的照片，现身妻子U盘。他估计，妻子曾经动过他手机，早已知道他和小陆的关系。他处理掉U盘内的照片，装作毫不知情，若无其事将拷好资料的U盘送给妻子，继续他们一家三口的幸福生活。

这一切没有想象的那么糟

他们的约会地点在老灵魂咖啡馆。

他比男孩先到。

每次见面,他都比男孩早一步,大概要喝完一罐或两罐啤酒,男孩才慢吞吞蜗牛似的出现在他面前。卡座临窗,他的目光透过窗玻璃,看见男孩横穿马路,越过铁栅栏,穿越车流,抵达咖啡馆。他考虑见面时,是不是该提醒男孩遵守交通规则,莫走捷径。男孩站他面前,他从头到脚打量,发现一年不见,男孩又蹿高了。他没提"规则"的事,表情复杂地盯看男孩额头的粉刺,视线又转向窗外,车流不息。他想,再过两年,男孩就可以跟他碰杯喝酒了,若是愿意抽烟,也可以抽烟,他不会阻拦。

男孩说,别瞅了,姐姐没来。

他以为会有奇迹。端起酒杯,又放下,他没喝啤酒,也没说话,食指和中指的指尖有节奏地敲击木桌桌台。

男孩说，姐姐不会来的。

他说，她还是不肯原谅我。

男孩说，她们都不会。

男孩要了一杯柠檬水。他记得前一年，也是坐这个位置，男孩喝的美式咖啡。他猜男孩不喝咖啡，可能跟粉刺有关，得注意饮食。他说，你又是偷偷跑来的？

男孩说，告诉她们，我这两条腿，估计会被打残。

他觉得男孩说话夸张，但真全盘托出实话，结果肯定好不到哪里去，不是两条腿，至少也得是一条腿。他说，你今年多大？

男孩说，我多大，你应该比我更清楚。

他说，时间过得真快。

男孩说，天天上培训班，英语、数学，日子真难熬。等过完秋天，到了冬天，我要去春茧体育馆看周杰伦演唱会。周杰伦为什么非得等到冬天才开演唱会，早一点不是更好？真搞不懂他。

他似乎嗅到空气中某种甜丝丝的味道，在他的青春期曾经品尝过的味道。他问，交女朋友了吧你？

男孩不知道微信上聊的哈尔滨女孩，算不算女朋友。女孩说到了冬天就来深圳，跟他一起去看周杰伦的演唱会。女孩还说她见过外星人，指不定哪天她就消失了，离开地球，飞往火星。男孩觉得那个哈尔滨女孩古怪得离谱，说话东一句西一句，比较起来，另一个西双版纳的傣族姑娘靠谱多了，除了微信聊天，还邀请他去云南参加他们的泼水节。男孩望着他，又把目光移向装柠檬片的玻璃杯，那片鲜柠檬泡散了，水不再澄澈。男孩说，见过外星人么你？

盯着男孩左耳看，有一枚耳钉，他眉头和嘴角扬起来。他觉得男孩所处的年龄阶段，冒出什么稀奇古怪的想法都不奇怪，不会让人感到吃惊。

男孩说，我有一个朋友见过外星人。

他说，我知道，你这个朋友，肯定是个女孩。

男孩脸红了，端起水杯，猛喝了一口，又一口，被呛到，一阵咳嗽。像是突然想起其他事，男孩说，妈妈告诉我，当初若不是她坚持，不会生下我。你们为什么非要生下我？活着真累，天天记数学公式、背英语单词，没一点意思。告诉你，要是有机会，我也想离开地球，离开这个鬼地方。

他的目光在咖啡馆梭巡一圈，打了个酒嗝，挥手，招来服务员，添了两罐啤酒。他想起他的过去，跟男孩差不多年纪时，沉溺于幻想，喜欢沉默、不爱说话、不爱听父母唠叨，对所有的一切感到厌倦。他没跟男孩谈数学公式、英语单词，也没谈宇宙和外星人，而是说，那时候，生你,或者不生,对我们来说,都是一个艰难的决定。

男孩说,母鸡下个蛋,能有多难?

陷入沉思,回过神,他说,想听么?

男孩眼眸亮了一下,似燃放过一道烟火。

他们还没作好准备,她就怀孕了。

天黑下来时,他环视租屋,从客厅走到卧房,又从卧房走到客厅,沙发、冰箱、洗衣机、空调、衣柜、床,除了那张结婚时购买的红苹果床垫,其他东西,甚至连厨房的电磁炉,都是二手货。她盘腿坐沙发榻,手捧一本侦探小说,五分钟、十分钟过去,没翻过页码。他望着她,总觉得哪儿不对劲。

他想从冰箱拿点吃的填肚子,拉开门,冰箱空空荡荡,连水果也没了。他听到她的心跳声,也听到自己的心跳声,想说点什么,却不知从何说起。

他们相互不吱声。

天完全黑了,他们坐黑暗里,没一个人愿意起身摁亮客厅的灯。她说,我想好了。声音带着哭腔。又说,等条件成熟,我们再作打算。

他看不清她的脸,伸手,手指摸到她凉滑的眼泪,还有硬邦邦的面骨。他说,真想好了你?

她说，嗯。

他在心里长舒一口气，却不敢表现出他的情绪。他说，要不再想想吧！

她说，我已经吃了秤砣。

他牵她的手，走到租屋楼下湘菜馆。他点了一钵石锅鱼，又点了西红柿蛋汤、拍黄瓜。他还想再要一份小炒肉。她说，够了，你应该开两瓶啤酒，咱俩庆祝庆祝。又说，不要孩子，你很高兴是吧！

他在她的瞳孔里看到燃烧的火焰，他清楚，不能再火上浇油，否则会引火烧身。低头，他端起木桌上的暖水壶，给她倒水。他说，吃了秤砣，也得吃饭。

她表情别扭。

他看得出，她想哭，却一直忍着。

石锅鱼上来了，热气腾腾，他后悔点这道菜，后悔来湘菜馆。他应该找一家沙县小吃店或者兰州拉面馆，跟她一起随便吃碗面条。他们埋头吃饭，彼此不交流，她跟锅里的鱼有仇似的，把一块一块削成薄片的鱼肉捞进碗里，狠命地嚼。吃完鱼肉，她又一筷子一筷子夹起配菜豆芽。那一锅菜，被她吃得干干净净。

他听见她打了个饱嗝。

回家路上，他伸手，去拉她的手。那只手不配合，躲开了。刚进租屋，她直冲洗手间，吐得稀里哗啦，把胃袋里的食物全倒空了。

礼拜六，是个阴天，他陪她去医院做手术。医院似蚁巢，挂号处、缴费处、西药房，人山人海。他们到达四楼产科候诊室，五排候诊椅仅剩零散两三个座位空着。他和她，靠墙站，眼前接连走过几个孕妇。他猜，人堆里也有跟他们一样，来做手术的人。扭头，他盯着她苍白的脸和嘴唇看。她的目光望向别处。跟随她的目光，他发现墙面一张外国婴儿照片。是某个奶粉品牌的广告画。她说，我想起上次，有一年半了吧，我们在另一家医院。她的声音，听起来也是苍白的。

他在心里计算时间，正好一年七个月。是圣诞节前，他十分确定。但他却说，好像，大概是吧！

她说，我不做了，我想回家。

他说，好。

她说，这不是开玩笑，我是认真的。

他说，无论做，还是不做，你的决定我都会支持。

他们回到租屋，再也不提手术的事，安心养胎，要把孩子生下来。他们约定，若生的是男孩，就由他取名字。若生的是女孩，就由她取名字。

男孩一直埋头玩手机,突然抬起头,望着他。男孩说,当时你说那些话,真诚么?

他说,当然。每次你妈妈做出决定,我都全力支持她,从不打折扣。回过头看,这不一定对,我应该仔细考虑一下,想一想自己的感受,再做决定,不能那么仓促和情绪化。

男孩朝窗外望了很久,凝视来来往往的车辆。收回目光,右手端起水杯,摇晃两下,杯中水差点漫出来。他说,还玩音乐么你?

他觉得男孩在提一件遥远的事。那时候,他背一把吉他,跟乐队走南闯北,深圳、兰州、拉萨、沈阳、北京,到过很多城市,看过很多风景,见过很多有趣和无趣的人。后来,他们在北京驻足选择北漂。再后来,他们一帮人绝望了,便放弃了那种苦乐参半流浪式的生活,各奔东西,各回各家。他说,多少年前的事,不提也罢。

男孩说,我想学吉他,跟你。

他知道,孩子的妈妈肯定反对,不会让他学吉他。他并不后悔过去的选择,走那段偏离正常轨道的路,过世俗人眼中不成功乱糟糟的生活。但他不想男孩走他的路。他说,学好英语、数学,比学吉他强。

男孩说,妈妈也这么说,俗不俗你们。

他说，等你经历过，到了我这个年纪，会明白一切。

男孩说，你们这些大人，就喜欢老生常谈。

他说，作任何选择，都要付出代价。有些选择，不是一般的代价。

男孩说，上刀山、下火海，我不怕。

他说，我也不怕刀山、火海，但我怕你姐姐，怕你姐姐说我是个骗子。

男孩说，女孩子，总是头发长、见识短。

喝了两口啤酒，眼望男孩笑，他想，年轻真好，天不怕地不怕，只想勇往直前，从来不考虑退路。

第一胎，她生的是女孩。

从产房出来，她看到他时，两人眼窝都湿了。很快，他的注意力转到旁边皮肤皱巴巴的小东西身上。是他们的女儿，睡得安详。小东西似一块磁铁，吸引着他。他喜欢用指腹触碰女儿的窄额。怕凉到她，他会先搓手，搓得手掌发热，再去抚触。他眼里，小东西似云朵，也似棉花，是一切美好的、柔软的事物。

他眼中的小东西总是睡不够，也吃不够。一天到晚，二十四小时，差不多有二十个小时在睡觉。不睡觉的时候，就在喝奶，母乳不够，便喝冲泡的奶粉。稍微不顺意，小东西就扯起嗓子哭喊。他把吉他抱怀里，弹崔健的歌、弹唐朝乐队的歌、弹汪峰的歌,小东西不买账,继续哭。她说,别在女儿面前制造噪音,你的音乐,咱们女儿欣赏不来。他开始学习弹奏舒缓的曲子、儿歌。女儿再哭时,他弹起安眠曲、班得瑞、小燕子、两只老虎。女儿哭得一抽一抽,听闻飘荡客厅的音乐,慢慢止住哭声。他感觉到某种折磨,却心甘情愿。

断了母乳后,有一段时间,夜半时分,一听到女儿哭,他骨碌爬起床,女儿醒了,肚子饿了,得给女儿冲奶。还不能慢,得加快速度,不然小东西的哭声会一浪高过一浪。女儿哭得越厉害,他越心疼。他把自己当成一名救火队员,急急忙忙起床,急急忙忙取奶瓶,急急忙忙打开奶粉罐,急急忙忙冲奶。把橡胶奶嘴迅速塞进女儿嘴里,哭声仿佛受开关控制,立马停止。他心里升腾起某种说不清道不明的成就感,仿佛站立舞台演出,赢得台下无数观众热烈的掌声。

他的生活完全变了。

过去,演出结束后,他会跟乐队的人聚一起,吃个宵夜,喝两瓶甚至更多啤酒。有了女儿后,演出一结束,他便火急火燎往家里赶。乐队伙伴说他沾了一身奶气。他似乎闻到了,又似乎没闻到。是幻觉。他说,沾点奶气有什么不好,你们,你们不会明白,这是福。

他每天给女儿洗澡,从出生洗到三岁,接近一千一百天。某次他给女儿洗澡,玩了个游戏——他躲起来,女儿喊他三声,他便现身到女儿面前。在洗手间,女儿坐澡盆,他躲门外。女儿喊他,喊到第三声,他故意不露面。喊到第四声,他听到之前传来的笑声变了调,喊声带着哭腔。他闪进洗手间,女儿已是泪流满面。女儿说,爸爸说话不算数,我喊了三声,你都不来。他说,爸爸没听见,下次爸爸送你一支口哨,只要你吹口哨,吹到第三声,爸爸一定出现。

后来,他真给女儿送了支口哨。女儿跟他玩游戏,吹三声口哨,他立马站女儿面前。女儿呵呵笑,很满足。他久久地凝视女儿的笑脸,也很满足。

一辆消防车从咖啡馆经过,警报声由近及远,直到消失。

男孩放下手机,双手捧起玻璃杯,眼睛不眨地盯看柠檬片。男孩说,这是哪里着火了,天天都能见到消防车、听到消防车赶去救火的声音。你说,要是周杰伦演唱会现场着火,体育馆那么多人,像挤在蚂蚁窝里,得死多少人?

又说,这肯定是一场刻骨铭心的演唱会。

他的目光与男孩的目光相遇,耳旁似乎还响着消防车的警报声。他觉得男孩的想法有股破坏力和邪气,超出了他可以理解的范围。但他能说什么呢，什么也说不了。

男孩说，姐姐那支口哨，我见过。

他想起多年前，接到一个陌生号码打来的电话，那头传来一阵阵口哨声，然后是女儿的声音。他说，那次她提到会把口哨扔了，你真见过？

男孩说，姐姐为什么说你，说你是骗子？

他说，那时你还小。

比画一个高度，他说，就这么高。你姐姐跟我打电话，她在电话里吹口哨，问我为什么不出现在她面前。我没法回答她，也许你们长大了，能理解我。就算不能，我也不希望你们带着恨意生活。我给过你姐姐承诺，最后没有遵守诺言，说起来，确实是我的错。

男孩说，告诉你一个秘密，想不想听？

握啤酒罐的手抖了一下，他说，谢谢分享。

男孩脸红了，很深的红。男孩说，姐姐每次去北京读书，我都开她抽屉的锁，偷看她的日记。那支口哨就摆日记本旁边。

又说，抽屉是姐姐存放重要私人物品的地方，你懂的。

感觉血液里奔腾一股暖流，他想起女儿小时候，回家时，女儿总是拿各种各样的零食给他吃。他说，爸爸不吃，你吃。女儿说，爸爸辛苦了，爸爸吃。他还记得女儿对他说，爸爸，我不想长大。他问，为什么？女儿说，我一长大，爸爸就老了。

对面的男孩在他眼里模糊了，他知道，是眼窝湿了。

这些年，他已经很久没流过眼泪。

女儿出生后，他过了好几年安稳日子，空闲时带女儿去公园，给女儿讲绘本。他也做自己的事，写歌，弹吉他。他相信，有那么一天，会写出满意的歌和他心中追求的旋律。

他记得女儿三岁生日后，半个月，或是大半个月，那个跟平常一样的黄昏，她说，想再要一个孩子。

他说，想好了你？

她说，第一个孩子，不知道是男孩还是女孩，若是生下来，差不多有四岁了。

他说，过去的事，我们要放下。

她说，我想要个男孩，生下来后，由我给他取名字。

……

谈话结束后，他们计划生二胎。

一切都很顺利，顺利得有点出人意料。他们想生第二个，便心想事成，她怀孕了。三个月后，她去医院检查，拿到结果，医生告诉她，胎儿弓形虫感染，可能导致愚型，也就是孩子出生后，可能是智障儿。医生考虑到是第二胎，建议她手术。

她将医生的话原封不动转告给他。

他说，打算怎么办你？

她说，万一医院误诊呢？

后来，她又跑了两趟，到另两家医院检查，结果跟第一次一样。她还是不想手术，找医院的产科专家给治疗方案。专家说，百分之九十的可能感染到胎儿头部，也有百分之十的可能，没有感染，你做出选择，要承担后果，考虑好了再来找我。

回到家，她坐茶几旁，左手拿苹果，右手握水果刀。她说，我来削苹果，若是能完整地削完一枚苹果，苹果皮不断，我们就生；若苹果皮断了，我们就做手术，不生。他盯着她，她的手一直抖，抖得厉害。削到大半时，哐当一声响，水果刀跌落瓷砖地面上，红色的苹果皮，断了。

他又一次看到她苍白的面孔。他还看到她说话时，颤抖的嘴唇。

她说，我不想放弃。

他说，那就不做。

她说，万一孩子愚型，怎么办？

他说,我们一起照顾,行不行?

悲壮的谈话令她脸上的泪水流成了河。

半夜,他被她惊醒。她做噩梦,一会儿蹬腿,一会儿号叫。他们两个躺黑暗里,她说,我梦到孩子出生,是个男孩,他嘴角流着涎水,朝我不停喊妈妈、妈妈。

她找到医院的产科专家,吃了三个疗程的药,隔三差五做检查,也隔三差五做噩梦。抽脐带血,最终检查结果,可能性倒了过来,百分之九十未感染,百分之十感染。他们一起做决定,要把孩子生下来。

十月怀胎,孩子出生,是个男孩,健康的男孩。她说,心里怀抱希望,总会有奇迹出现。

男孩一天天长大,女儿也在长大。姐弟在一起,时而相亲相爱,时而为一个玩具你争我抢,吵得一塌糊涂。夜深人静,他想起那种吵、那种闹,感觉自己似一颗石头坠落黑暗的深渊。他也不知道是从哪一天开始,从前埋在心中的那粒种子,又开始冒芽,开始奋不顾身往外冲。

他压抑着他的渴望和向往。

终于,他跟她摊牌,告诉她,要去北京做音乐,过另一种生活。对他们的家庭来说,他成了逃兵。

他发现男孩眼中燃烧的烟火已消散,看不出爱,也看不出恨。他琢磨不透,男孩心里到底想什么。在男孩眼里，会怎么看他。

男孩说，到了今天，这一切你觉得值吗？

他说，每个人都要为自己的选择付出代价。

男孩说，我听过你写的歌，你们乐队演出的视频，我也在网上看过，带劲。一句话，我想跟你学吉他。

拿起啤酒罐，他仰头，喝完剩下的啤酒，捏瘪了罐壳。

男孩说，我还想告诉你一个秘密，关于姐姐的，这次你不听也得听。

他说，关于你姐姐的一切，我都很想听。

男孩说，姐姐的日记本里提到，她结婚那一天，会在婚礼现场吹三声口哨，希望你出现。其实姐姐一直惦记着你。

瞟了一眼手机，男孩端起玻璃杯，将杯中残留的柠檬水一饮而尽。男孩说，我马上要走了，得去上培训课。放下水杯，男孩用眼神跟他告别，干脆地起身，噔噔噔下了楼。

他的目光长出翅膀，一直追随男孩瘦瘦高高的背影。

男孩穿越车流，跨过铁栅栏，消失在他的视线里。那一刻，他希望男孩掉头，回望一眼，哪怕仅仅是一眼，愿望却落空了。他准备离开，腿没动，身体也没动。挥手，又要了两罐啤酒，他打算，跟往事干一杯。

不可告人

上帝说,要有光,于是便有了光。若我是上帝,肯定会给她比她想要的更多。

——题记

一

那年夏天特别漫长。一辆破捷达载着我和一对陌生男女,晃晃悠悠来到椰城。我临时租住在梧桐山脚下的大望村,似只穴居的灰鼠,白天很少出门。外面,满世界的人都在找我。我猜,我妈在湖南老家肯定急疯了。但没办法,我不能跟她联系,不能让任何人清楚我的下落。老刀说,天下没有不透风的墙,一个秘密告诉一个人,就会有十个人知道、一百个人知道。他递给我一杆土制短枪,又说,亲妈都别信。我说,刀哥,那你呢?能信你么我?老刀说,小马,除了信我,你别无选择。

那阵子我手机快被地下钱庄追债的人打爆了，他们对外放了狠话，找到我，要剁我一只手，喂狗。或者挑断我一根脚筋，让我当一辈子瘸子。确实，我别无选择，手上抓的即便是根瘦稻，也得牢牢抓住，不能松手。

老刀是个浑身粘满刀疤的胖子，背上、胸上、腿上，都有刀疤。他答应帮我偿还那笔高额赌债，再添一笔钱，给我租个门脸做点小生意。老刀是个好人。对我好的人，就是好人。我都计划好了，待钱到手，就开一家兰州拉面馆，卖拉面，也卖肉夹馍、盖浇饭、凉拌牛肉和羊肉。

条件是——我替他办一件事。

老刀说，小马，就是勾个手指头的事，能挣到第一桶金。若不是那边需要陌生面孔，哪轮得上你。指尖抠土枪枪筒上的锈迹，我没接话。

那件事并不简单。

老刀从裤兜掏出一板德芙，撕掉包装袋，他说，这个世界大多数人混来混去，最终没混好，原因其实蛮简单，他们没机会挣第一桶金。又说，小马，以后别赌了，那是一条不归路。这话令我心头一软，想起我妈，所有人给我灌迷魂汤时，只有我妈才愿意跟我讲大道理，逆耳忠言。老刀除了舞刀弄枪，很少有人知道，他还是个爱吃德芙巧克力的男人。目光注视他翕动的腮帮，我想起港片《赌神》里的周润发，他扮演的赌神也爱吃巧克力。

租屋似囚室，一居室，约八平方米，附带洗手间。无事可干时，我就坐窄床边擦枪，借此打发时间。我擦得小心翼翼，像对待博物馆某件昂贵而古老的瓷器，生怕土枪走火。或者，趴在冰凉失去光泽的瓷砖地面上，闷头做俯卧撑，流一身臭汗。一开始，我只能做二十个。后来，我能做到四十个，再到六十个。眼见肱二头肌一天天鼓起来，肌肉硬得像崖壁的岩石，老刀仍没对我下指令，交代我去完成那件事。

我只能等待。

早上，我通常不吃早餐，睡到自然醒，再吃中饭、晚饭。时间对我来说，一点不值钱，但却是煎熬。吃饭，我也很少出门，一个电话拨到烧腊店，土豪似的大着声音交代他们送餐，烧鹅饭、烧鸭饭、白切鸡饭、叉烧饭……吃腻了，我会拨打另一家桂林米粉店电话，订一碗牛杂粉，外加一枚卤鸡蛋。天气太热了，我想喝两瓶青岛啤酒解暑，一瓶也行，最终忍住没喝。我想还不到喝酒的时候，待事情办成，到时想喝多少就喝多少，泡在酒池里游泳都行。

某日，我趴地板上做俯卧撑，无意中发现窄床下暗处摆了一对哑铃。继续探视床底，伸臂，掏出一本厚书，比

《新华字典》要厚、要沉，是《圣经》。我还扒出一盒拆封的安全套包装盒，盒面印三个字——大官人。安全套没用完，剩四枚。我猜这些东西，是上一任租客留下的。那位租客应该是个节制的男人。

　　自从有了哑铃和《圣经》，我没再擦枪、做俯卧撑。手握哑铃练臂力，我发现，胸前两块胸大肌迅速胀起来。《圣经》里千奇百怪的故事，我读不太懂，但似乎又能明白一点。我喜欢亚当和夏娃在蛇的引诱下，躲伊甸园偷尝禁果的故事。换作是我，也会禁不住诱惑，去夏娃那块丰饶之地探险。

　　我想，若我是上帝就好了，要有光，于是便有了光。那盒产自广州的安全套，孤独地躺在散发汗馊味的枕头旁。夜深人静，我心里不时燃起一团旺火，盼着，囚室能来个姑娘，让闲置的它们派上用场。

二

　　天擦黑，租屋外便亮起各种古怪的声响。

　　宠物狗的叫声、高跟鞋磕响瓷砖地面的声音、男人女人呵斥孩子的声音……耳朵紧贴门板，探测门外动静，我害怕听到杂乱的脚步声，伴随声音而来的，很可能会是那帮放高利贷的恶人，也可能是我要干掉的那个绰号"四哥"的潮州人身边的马仔。

幸好，那些声音不曾到来。

室内似火焰山，热气弥漫，走到哪，身旁都像尾随一只烤炉。我步入洗手间，拧干毛巾，擦脸颊的汗、背脊的汗、胯间的汗，视线透过蒙尘的窗玻璃，落在对面房子的年轻女人身上。女人站卧室跳绳，仅穿了件黑色的胸罩和底裤。她似乎没注意到我，也可能看到了，反正她没有停下来，继续站原位跳，似只母袋鼠。我的眼睛长了翅膀，努力朝袋鼠女人的方向飞，凝视她跳动的身影。女人大概上了发条，不知疲倦。我脚站麻了，眼睛盯绿了，女人仍在跳。再这样跳下去，我估计女人迟早会打破吉尼斯世界纪录。

翌日夜间，我又透过窗户观察袋鼠女人，对面窗帘已拉得严丝合缝，但我还能看到窗帘后面灯影下跳动的瘦影。那一刻，我很想变成一只公袋鼠，陪女人一起跳绳。身上又流了一层汗，黏糊糊的，取毛巾揩干热汗，我给老刀发信息，问他何时动手。老刀用另一个陌生号码回我——不着急，再等等。

望了眼窗外黢黑的夜空，我很想出门，趁着夜色，干掉那个潮州佬。我想回家了，想吃我妈炒的菜、我妈煮的饭。再说，我爸祭日快到了，我答应过我妈，今年会去我爸坟头烧纸。翻开床头那本《圣经》，我潦草地读，翻到哪读到哪——"人心比万物都诡诈，坏到极处，谁能识透呢?"见老刀前一天，我只是个赌徒，见完老刀，我便成了个即将杀人的凶徒。那个四哥，我见过照片，戴副眼镜，看上去像个斯文人。但人不可貌相，他到底是个好人或歹人，我一无所知。

手机响起一记铃声。

是老刀发来的信息——"他谨慎得很，连睡觉都睁着眼睛。过去到现在，想杀他的人多如牛毛，差不多都反过来被他杀了。小马，要当心你，没事少出门，最好别出门!"握手机的手抖了两下，掌心浸出凉滑的汗液。我要面对的人，是只老狐狸。

租屋当真成了牢笼。

总感觉有只眼睛盯着我，无数只眼睛盯着我。闲得发慌，我决定出门，去网吧，查一查四哥信息。出门前，我没关灯，即便白天，我也没关灯，一直让LED节能灯亮着。那一圈白光打身上，让我觉得安全，心里有着落。我也担心老刀暗藏大望村某处，手握双筒望远镜，监视我动静。我怕犯一次规，他扣一次款。我不想他短我拿命搏来的钱。

黑网吧有股尼古丁的腥味。

打开网页浏览资料，四哥是一家房地产公司董事会主席，椰城最高的写字楼由他公司建造，他到处做慈善，满世界捐款，在西部捐建了数十所希望学校……这些都不是我想了解的，我想了解的是某个八卦论坛提供的信息，四哥有许多奇怪的癖好，他养了五只非洲尼罗鳄当宠物，城里的别墅建了两个游戏池，一个供他和他的女人游泳，一个供他的鳄鱼嬉水。他还是个养蜂人，另一处郊外别墅，阔大庭院栽种的橄榄树下摆了十多只蜂箱，每到春暖花开时，群蜂绕树乱舞……

当天三更，我做了个邪乎的梦，执行任务时，四哥迎面朝我走来。我从裤兜掏出短枪，射击四哥，死活扣不动扳机。他身旁的马仔蜂拥而至，将我反绑，押送至一处中式庭院。厅堂传来一个声音——就这么办吧，扔泳池喂鳄鱼。稍后遥远的地方又传来另一个声音——把他衣服扒了，让他长点记性，我养的蜜蜂可不是采花酿蜜的。两个膀粗腰圆的黑衣人走来，一人抱我肩，一人抬我脚，将我抛入泳池，五只尼罗鳄并排前行，昂头，露出寒光闪耀的利齿，拢向我……

仓促地从噩梦中醒来，身上冷汗浸湿床单，我感到前所未有的寒冷。

三

欠赌债以前,我一直以为自己是个被命运之神眷顾的人,运气不错,逢赌必赢。直到那个春天,我想赌大一点,赢多点钱再收手,去开家兰州拉面馆。结果好运抛弃我,跟那帮手下败将扎金花,我一输再输,生活陷入绝境。

躲租屋练哑铃,回忆那段东躲西藏的黯淡日子,我安慰自己,大约是之前我把好运透支完了,才交上霉运,不得不跑路。老刀是我的贵人,能助我转运。但想起尼罗鳄和飞舞的蜂群,我禁不住打冷战,那笔钱并不好挣。若计划失败,很可能我会沦为鳄鱼的食物,或蜜蜂的晚餐。

我忘了曾在哪里见过一句话,可能是王家卫的电影里,也可能是《读者》或《知音》杂志里:"若想忘记一件事,最好的办法是忘情地投入去做另一件事。"为排解恐惧,我更频繁地练哑铃、阅读《圣经》,但没用,眼前尽是鳄鱼的影子,书页上密密麻麻的铅字全活了,变成蠕动爬行的蜜蜂。

落地扇似哮喘病人,铁扇头转动时,发出吱吱呀呀的声响。躺床上,闭眼,又睁眼,我摸起手机,玩微信添加附近的人,当然都是女人,我没闲心跟男人瞎扯淡。加八位异性为好友,只有一人点击通过,我猜她跟我一样,也是个孤独的人。

我说,在哪你?

那边说,你谁?

我说,告诉你,你别不信。

那边说,少卖关子。

我说,我是上帝。

那边说,呵呵,原来你不是人!

我说,你真不会聊天,骂人还不带脏字。

脑壳闪过一个念头,我想吓一吓她。爬起床,从军绿色旅行袋掏出短枪,搁床上。嫌床单脏,我又把短枪挪位置,搁《圣经》棕色封皮上。选好角度,我拍了张照片,发过去。

那边说,这枪是你玩具吧?

我说,其实我不是上帝。

那边说,早知道你不是人。

我说,实际上,我真正的身份是——杀手。对方没理我。我说,吓到了吧你!盯看屏幕,眼睛看累了,那边仍没回话。我把短枪放回旅行袋,拿T恤遮挡。我猜可能真吓到她了,也可能她去忙别的了,或者她不想跟我聊了。

捡起枕头旁的安全套包装盒，掏出一只，拆封，套住老二。又掏出一只，拆封，套上。安全套放那儿也是浪费，我想奢侈一回，一次用俩。瞬间，室内散发一股塑胶与润滑油混合的怪味，刺鼻。

手机不合时宜地响起铃声。

是那边回微信。她说，刚才冲凉去了。你知道贝多芬、莫扎特吧？

我说，小贝、小莫，如果他们得罪你，只要你一句话，我替你出头，干掉他们。

那边说，你可真幽默。又说，天天弹他们的曲子，都弹腻了，我妈还逼着我弹。不单是弹钢琴，我还得练芭蕾舞、学奥数、学英语。活着真累，我都快抑郁了。你知道抑郁症吧！

我说，你多大？

那边说，我九五年生的，21岁。

我说，我比你多吃两年饭，今年23。现在你妈还逼你弹钢琴、逼你练芭蕾？

那边说，刚才我聊的都是过去，小时候的事。我得去忙点事，改天再聊。

她说消失就消失了。我冲了个凉水澡，返回床榻，死尸般卧躺睡觉，却辗转难眠。

短暂的欢愉过后,恐惧似乎离我远了一点。我希望它能离我再远一点。

四

老刀说要来看我。

我猜测他"看我",有两层意思:一是对我不放心,担心我这样的野狗耐不住寂寞,忍不住出去撒欢儿;二是看我准备得怎么样,能不能胜任角色,完成他布置的任务。

进门,老刀便关了灯。

紧眯细眼,老刀说,大白天的,开个灯,晃眼睛。他变成一只猎犬,肥胖的猎犬,在八平方米的房间、洗手间来回踱步。目光四处梭巡,一会儿在窄床上,一会儿在窄床下,一会儿又凝视搁墙角的破旧的旅行袋和刷黑漆的哑铃。最后,他的视线停留墙顶,那里趴伏两只暗灰色的壁虎。似在考虑某件事,沉默片刻后,他说,小马,房间来过人?我闻到有股人的腥气。

我说,刀哥,是有人来过。

老刀说,谁?

我说,你。只有你。

老刀说，少拿我开玩笑。到底还有谁？

我说，快餐店送餐的伙计，听你的话，我没让他们进屋。

老刀讲屋里闻到人味，我猜他可能是想诈我。待我解释后，老刀满意地点头，捡起床上那本《圣经》，他说，看得懂么你？

我说，我喜欢亚当和夏娃偷尝禁果的故事。

老刀说，不单是你，这个故事，奥巴马、普京、刘德华、梁朝伟，天下的男人都喜欢。他朝旅行袋拢去，蹲下身，伸臂，抓起两只哑铃。再起身，人站得笔直，两只手臂弯曲，上下晃，他说，小马，能做多少个你？

注视老刀额头豆粒大的汗珠，我说，刀哥，我没数过。要不，练给你看看，我能做大半个小时，中间不歇气。

老刀说，真他妈热。他将哑铃摆回原位，拎起旅行袋，又说，吃饭的家伙呢？是不是在里头？不等我回答，他用另一只手摸出土枪，盯枪瞅了数秒，他说，枪保养得不错，锈迹都给你擦亮了。开过枪吧你？

我说，没有。

老刀说，做任何事，都有第一次，千万莫怕。

我说，刀哥，放心你，我肯定不会失手。

目光停留在哑铃上，老刀说，我相信我的眼光，肯定不会看错人。

我也把视线转移到涂黑漆的哑铃上。我说，刀哥，要不我拿哑铃练练，你帮忙数数，我能做多少个？

老刀说，小马，哥信得过你。

我说，那咱们什么时候动手？

老刀说，快了，等猪养肥，立马行动。

我说，刀哥，我妈身体不好，我想早点办完事，回家去看我妈。算一算，我出来有些日子了，我妈肯定天天站家门口望，盼我早点回。

老刀冲我笑，笑得意味深长。他说，小马，你就等着躺蜜罐里过日子吧！然后他启开门，迈步走，并摆手示意我不用送他下楼。眼望胖猎犬离开的背影，我松了口长气。我猜老刀对我的表现相当满意。

五

照片里的女孩有点婴儿肥，完全看不出小时候跳过芭蕾的痕迹。但我并不失望，因为一开始我就没期待过。在我最无聊时，她不嫌弃我，能陪我聊天，这就够了。我是个容易满足的人。

倒是女孩身后的背景，装饰得富丽堂皇。我说，照片哪儿拍的？

她说，家里。

我说，房子挺大的。

她说，还好，一百七十八。

我说，你都可以在房子里跑步了，踢足球、打篮球也行。目光朝泛黄的四壁扫了一圈，我没告诉她我住八平方米租屋。又说，你确定你小时候跳过芭蕾么？

她说，以前我瘦得像根豆芽，十一岁那年医院查出我雌性激素停止分泌，有一阵子打激素、吃药，我就变胖了。我一点也不想待家里，我爸成天忙他公司的事，我难得跟他打一回照面。我妈也是，估计她要见我爸一面也不容易。见了面，他俩也聊不到一块儿，讲两三句就吵架。以前我妈还有劲跟我爸吵，现在她都懒得吵了。

她又说，自从生我后，我妈便居家当了主妇，没再上班。她把心思全放我身上，我成了她的精神寄托，吩咐我学这个学那个，从不征求我意见问我想不想学。她说等我长大了，就把我送到美国去，她想我考哈佛大学。考不上就去加州，念斯坦福大学也行。

她继续说，过去我爸生意做得挺顺的，现在好像世道变了，生意没那么好做，他经常酗酒，喝醉了还动手打我妈。但他不打我,只是抱着我哭,说对不起我。我早前听我妈讲过,他外面有别的女人,还给我生了弟弟妹妹。但我妈从来不提,仿佛她从来不知道这事。想起这个,我就生我妈的气,她活得太没尊严。跟你说实话吧,现在我感觉这个家冷冰冰的,似墓穴,我想逃出去。

……

她在微信上絮絮叨叨。我不知该如何回话,只好选择沉默。她说,要不你告诉我地址,等我有空,就过来找你,行么?

我担心老刀,没敢答应。我说,有件重要的事等着我,待办完事,我去找你。

她说,要去杀人么你?在你杀人前,我想先去看你,问你一句话。轮到我方便时,你再来看我。

我说,什么话不能现在说?

她说,不能。重要的事,得当面谈。

在好奇心和贪欲的驱使下,我答应了她,告诉她租屋地址。夜幕降临时,女孩出现在我面前。我从头到脚打量她,总感觉她哪儿不对劲。最后我意识到,女孩穿的黑裙不合身,在她多肉的身上绷得紧紧的。女孩似一只馅多皮薄的饺子。我说,最近你又打了激素?

她说,你什么意思?

食指指她腰间，我告诉她，裙子绷脱线了。她苍白的脸瞬间变得通红。她说，把你的玩具拿出来，给我瞧瞧。

我从旅行袋掏出土枪，递给她。我还摸出面罩，套住头。

她说，你现在的样子，像佐罗。若我有事，你真愿意为我出头？

我说，当然。

她说，以前我交过一个男朋友，他也这么说，一嘴的甜言蜜语，哄我上床后，提裤子就不认人了。

我说，长这么大，赌钱、抽烟、喝酒，学会很多东西，我硬是没学会撒谎。

低头，她像是看手中的枪，又像是看地面无光的瓷砖。抬头，她说，看你瘦得像只猴子，杀得了人么你？

我仿佛受到莫大的侮辱，咬紧牙根，抓起两只哑铃，曲臂，左右手似钟摆晃动。我说，你数数，看我能做多少？

她数了一会儿，又一会儿，我仍没停下。她说，数得我都快要睡着了。

我说，那就睡觉吧！

她说，狐狸尾巴终于露出来了，我就知道你也想哄我上床。第一次见面，我没准备好，咱们能不能不谈上床。

伸手，她递给我土枪，我注意到她手臂上墨绿色的静脉血管和手掌上的厚茧皮。那是一双经常干活的手。她说，给我读一段《圣经》吧，行么?

我找不到拒绝她的理由。捧起《圣经》，我翻到《出埃及记》某页，细声念——不可在穷人争讼的事上屈枉正直。当远离虚假的事，不可杀无辜和有义的人，因我必不以恶人为义。不可受贿赂，因为贿赂能叫明眼人变瞎，又能颠倒义人的话……

她说，别去杀人你，再读一遍吧！

我又念了一遍。离开时，女孩眼神怪怪的，我从来没见过二十岁出头的女孩这副忧心忡忡的表情。

六

初到大望村，它对我来说，完全是陌生的。

每天躲租屋，实在待腻了，有几个晚上，我溜出去，似游魂走在城中村的阔街窄街上。我把自己当成夜巡的警探，哪个位置是温州松骨城、足浴店，哪个位置是沙县小吃、湘菜馆、桂林米粉店，哪个位置开了士多店、黑网吧、理发店，我像熟悉自己的身体器官一样，熟悉这里的街街角角。那时我常想象最坏的结果，若那帮追债的人或四哥的马仔寻到我,我得熟悉自己的退路,不能像只无头苍蝇,在杂乱的街道乱闯乱撞。我想,做任何事,有所准备,肯定比毫无准备要好。

偶尔,我会走到洗手间,不屙尿,只是透过玻璃窗,看对面的袋鼠女人。她坚持不懈地跳绳,但再也没把窗帘拉开过。翻阅《圣经》时,我看到一句话:"富人想上天堂,比骆驼穿过针眼还难。"文字下方画了两道黑线,估计是之前的租客做的记号。我耳旁响起老刀的话:"等猪养肥,立马行动。"

我一直在等待,焦躁地等待。

某天下午四点多钟五点不到,我拎了盒快餐回租屋。远处,有个瘦似竹竿的男人紧靠墙根,手指夹根香烟,渴了似的猛吸。他左臂文了枚骷髅头。我认出来,他是当初跟我一起坐捷达车来椰城的男人。那时他身旁还搂个女孩,女孩后颈文了朵玫瑰,在左右摇晃的车上,女孩不时拿手掏他裤裆,咯咯咯地笑,似只下蛋的躁母鸡。

我没跟他打招呼,低头上了楼。走到四楼,租屋灯熄了。出门前,我没关灯。我警觉地敲了三下门,没动静,正打算掏钥匙,门启开一道缝。室内有五个人,两人坐床沿边,另三人站着。我说,503有人订了快餐,白切鸡。开门的人说,这是四楼,搞错了,滚蛋。

实际上我住的租屋门牌号是403室。门关严后，我兔子似的冲下楼道。在楼梯口，我跟瘦子像两枚石头撞一起。他认出我，慌乱地喊，别跑，狗日的别跑。

我似一阵风，跑了。

他也似一阵风，在我屁股后头追。但他是一道不识路的风，很快，我甩掉身后的尾巴，藏身黑网吧。握鼠标的手抖个不停。老刀的电话打了过来，他说，小马你在哪？

我说，租屋。

老刀说，别蒙我，说实话。

我突然想起来椰城前，老刀送我上车时，告诉我那个瘦子是他表弟。脑壳一片空白，老刀交代我把我的具体位置发给他，他要来找我。

我没说，挂掉电话，并关了手机。我得静下来想一想我所遭遇的事。椰城某论坛发布了四哥在他建造的最高的写字楼地下车库遇刺身亡的消息，他身中两枪，一枪爆头、一枪击中心脏。另有一段清晰的视频记录事发经过，一个蒙面人手持短枪，拦截拉开车门的四哥，没多讲话，两枪直取性命。

那个面罩和短枪，跟我藏旅行袋里的面罩、土制短枪，一模一样。我意识到，从一开始我就是老刀手中的一枚棋子，赌局欠债、奔赴椰城，不过是老刀设计的陷阱。

他做好一个局，让我最后当替罪羔羊。我想起租屋里的哑铃、《圣经》，那个爱吃巧克力的男人，将我包装成仇富的狂热的宗教圣徒，干掉一个上不了天堂的富人。若老刀事成，我这只蝼蚁，死在租屋，尸体腐烂，没人会在意。最终留下的土制短枪、面罩等，便是一堆罪证。

"等猪养肥，立马行动。"真正的那头猪是我。想到此，我脊背发凉，寒气入侵，冷到骨头里。

七

我成了一只丧家犬。

女孩来到小区门口，领我通过门禁。她住18楼。进门，我注意到，女孩脸红了。她说，随便坐，我去冲凉。浴室响起哗哗水声。坐沙发榻，不到一分钟，我站起身，巡视房间的摆设。墙面挂了张一家三口的合影，一个戴黑框眼镜的胖男人、一个瘦女人，再加一个有点婴儿肥的小女孩。

客厅靠墙的位置，钢琴旁摆一排收纳柜，我打开查看，一个柜子装满玩具，一个柜子装了成堆的药盒和病历本。另有数张从椰城往返北京、上海的机票，医院挂号看病的票据。病历本上名字那一栏——刘嘉琪，年龄那一栏——11岁。打开病历本，一页页潦草的医嘱，我认出当中三个字"抑郁症"。

参观完客厅，我顺道走进廊道口的小房间，一米二的窄床旁摆个柜子，打开抽屉，有个黑色钱包。随手捡起，抽出别在第一格的身份证，宋冬梅，1995年出生，贵州省毕节市……我想起乡下两个表妹，年幼时，她们的父母已出门打工讨生活，在珠三角广州、东莞、佛山、深圳等城市奔波，她们一个高中毕业，一个初中毕业后没再上学，也来到南方，要么进了制衣厂、电子厂，要么经由家政公司介绍做了小保姆。目视女孩身份证上的照片，我的脸一阵发烫。

估计女孩差不多洗完澡，我返回原位，坐下来。女孩出现在客厅时，穿一套丝质睡衣，胸前的扣子快绷落。她说，你也去冲凉吧！递给我一套睡衣，又说，肯定不合身，将就着穿。她的表情一直不自然，一个不擅长撒谎的人，说了谎话，大概就是她这副模样。

从浴室出来，女孩领我走进一间阔房，墙面挂幅婚纱照，男人戴黑框眼镜，不算胖，但也不瘦。女人跟外面挂的照片一样，瘦似牙签，但显得年轻。我猜那时他们还没生女儿刘嘉琪。我说，你这身睡衣该换了，小了。她说，最近我又长胖了，连喝水都长胖。她打开衣柜，我发现那件之前见面时她穿的黑裙，翻找一阵，没取任何东西，她关严柜门。

女孩小心翼翼爬上床垫，仿佛这张床是易碎品。我从没睡过如此阔大的床，趴床上，我心里喊，真他妈舒服。

女孩说，今后有什么打算你？

我说，过了今晚再说。你是哪里人？

我意识到自己讲漏嘴，她的脸又红了，面颊热气烫人。她似乎想张嘴说什么。我用食指轻压她棉花般柔软的薄唇。我清楚，从认识她到现在，她聊的那些事，全是她雇主家悲伤的故事。这一切，不过是她造的梦，我没忍心戳穿她。

我想起《圣经》里那句话："上帝说，要有光，于是便有了光。"

若我是上帝，肯定会给她比她想要的更多。

一眼望不到尽头

去年冬天，格外冷。这样的天气，适合窝家里冬眠，若不是苏姐约我喝茶，夜里，我很少出门。苏姐是那种典型的人到中年，已放弃对身体进行改造和建设的女人。一坨肉依附骨架，走路时，她身上会涌起肉浪。

在茶室，我俩通常点一壶碧螺春，偶尔也喝龙井。茶叶尚未泡开，苏姐从驼色爱马仕手提包摸出烟盒，抖出一支香烟，点燃，便开始谈论男人。

印象中，苏姐的话题总跟男人有关。她形容男人，显得与众不同，比如，谈到矮个男人，她说，长得跟广西矮马似的；谈到结实的男人，她会说，壮得像一头独角公犀牛；谈到瘦男人，她则说，他母亲肯定是一只营养不良的麋鹿……除了体胖，这是她又一个显著特征。我怀疑，苏姐上辈子大概是一名动物饲养员，或者至少是动物饲养员的妻子。

不出门时，我会待家里枯坐，盯看墙顶的断尾壁虎、蜈蚣或不知名的竹节爬虫，一瞅就是半小时、一个小时。眼睛盯累了，我就闭眼，竖起耳朵，倾听四面八方传来的声音。那些声音丰富、嘈杂，树叶摩挲、孩童哭闹、高跟鞋磕碰瓷砖地面……

我最想听到的，是钥匙插入锁孔开门的声音。我希望马建早点回家。但我总是失望。他不回来，我能有什么办法？腿长他身上，往东走、往西走，我管不了他两条腿。有段时间，我神经兮兮，怀疑马建在外面有了别的女人，茫然而无措。他说，现在不知怎么了，案子一起接一起，全是凶杀案。他的意思是，刑警大队忙，总有办不完的案子。他不回家的理由倒是充分。作为妻子，我不能拖他后腿，影响他前程。而在家时，马建的种种表现——敏感、易怒、过分谨慎，像个时时刻刻掩饰出轨的男人，我没办法不怀疑他。

墙顶没有壁虎、墙面也没有爬虫时，我无事可干，只好寻来拖把，将客厅、卧房、书房的瓷砖地面挨个拖一遍。拖完地，我再寻来抹布，潦草地擦桌子、椅子和沙发。干完家务，我拿起手握式喷雾器，侍弄茶几摆放的两盆微观植物，给盆内的苔藓、日本文竹喷水。水雾浸湿装饰的沉木，也打湿了绿苔和象牙白色泽的颗粒沙石。我这才想起,差不多两天,我忘了给植物喷水,它们应该是渴坏了。

所有事忙完,实在找不到其他事打发时间,我便摁开电视机,看浙江卫视的娱乐综艺节目,一帮男女明星在屏幕里跑来跑去,撕扯贴背后的姓名牌。我感觉那些人,闹腾来、闹腾去,比枯坐客厅沙发上的我还无聊。视线转至茶几上的苔藓、文竹,我捡起遥控器换台,有的频道在播乳房、颌面等器官整形广告,有的频道在播电视购物节目、谍战剧。我一遍又一遍换台,直到指尖摁得发酸,才强迫自己关掉电视电源。

阳台外,天空黢黑。

拉开滑道门,我站立阳台,眺望远处更深的黑夜。

立暗处,思前想后,我谋划了一下未来——孩子大了,已上寄宿学校,我是否该去找份工作?去办公室当个打字员,干点跑腿的活,或者去保险公司任职,做保险推销员也行……反正无论干什么,都比待家里混时度日发霉强,无所事事的白天,实在太漫长,而马建不回家的夜晚,则比白天更为漫长。有时候,在厨房准备煲汤的食材,清洗猪骨、玉米,听着哗啦的水声,我会生出某种幻觉——一个人置身西部辽阔、荒芜的公路,独自走在路上,头顶是大漠深处暴烈的太阳,我热得透不过气,朝前看、往后看,都一眼望不到尽头。

许多个夜晚,我坐客厅沙发榻,或者呆站阳台,会计划下一步要走的路。顶多,我只是想想,就在我鼓起勇气,打算迈出艰难的第一步,告诉马建,准备出去找份工作时,苏姐拦住我,她说,汪琴,你这是闲的,不如,养条狗吧你。

天冷,阔大的茶室,仅有七八个人。室内各处墙角摆放了半人高的阔叶植物,有绿萝、大叶万年青,也有巴西铁、观音竹。

我和苏姐照旧喝碧螺春。离我们座位两米远,另一桌,坐一对中年男女。他俩也是喝绿茶,应该是龙井,或者毛尖。女人额头苍白,脸颊也苍白。再仔细看,跟一脸横肉戴金手链的男人比,女人瘦得有些离谱,属于重疾患者病态的瘦。

点燃香烟,夹指间,苏姐说,太瘦了,蚂蚁似的。我清楚她讲的是谁。她又说,蚂蚁对面坐一头非洲象。我忍不住,差点笑出声音,男人胖是胖了点,但吨位肯定够不上大象,最多算一头笨拙的棕熊。端起玻璃杯,抿一口绿茶,我暗想,若是用动物来形容苏姐,该选择哪种动物?是河马,还是脂肪过剩的黑猩猩?苏姐目光注视着我,轻咳两声,仿佛洞穿我的心思。我的脸仿佛给熨斗整理过,持续发热。

茶室跟屋外的寒夜一样静谧。那边突然传来蚂蚁女人擦出火花的声音——够了,我耳朵都听起茧了。

非洲象说,不是你想的那样。

蚂蚁女人说,能换句台词么?

非洲象说,我一直生活在误解中。

蚂蚁女人说,那个婊子到底是谁?都能当你女儿了。

非洲象说,真不是你想的那样!

蚂蚁女人说,我受够了,真的受够了。

大约他们吵累了,彼此陷入沉默。

……

苏姐冲我眨眼,细声细气说,还能是谁?母非洲象呗!

瞥了眼脸色苍白的瘦女人,我端起玻璃茶杯,考虑起另一些事,沮丧的情绪似潮水将我包围。我想把做家务时产生的幻觉告诉苏姐,犹豫半天,最终忍住,没讲出口。掐灭烟头,苏姐说,汪琴,是不是有心事你?我默不作声,抿了口茶。苏姐说,养狗的事,你考虑得怎么样?我说,我再想想。苏姐说,不如养条小狼狗。话毕,她意味深长地望着我笑。又说,汪琴,去外面玩,你肯定放不开。我清楚,苏姐口中的"小狼狗",不是指狗,而是指人。苏姐抿紧嘴唇笑,又从烟盒抽出一支香烟,点燃,狠吸,吐出一团团袅绕的轻烟。

　　蚂蚁女人立起身,伸手拎包,携带一身怒气走了。非洲象紧张地尾随她身后,不想离得太远,又不敢靠得太近。

　　我莫名其妙感觉到了冷,将之前脱下的围巾从椅背取回,绕脖子上。我说,今年冬天真冷。苏姐说,是心冷吧!又说,我越来越讨厌冬天,没丁点意思。我说,深圳的冬天确实没劲,在我们老家哈尔滨,冬天飘鹅毛雪,也落瘦雪,一场接一场,有雪的冬天,那才叫冬天。

　　对面,苏姐眼眸亮了一下,她说,汪琴,我是本地客家人,长这么大,没去过北方,也没见过真正的雪天,找个机会,我倒想去北方走走。她将快要燃尽的香烟烟蒂搁在白瓷烟灰缸上,端起茶杯,往烟灰缸注水,呲一声,浇灭闪着星火的烟头。她也把爱马仕围巾绕在拳击运动员才有的粗脖上。

　　走出茶室大门,苏姐和我各回各家。

　　这个冷得古怪的冬天,除了陪苏姐喝茶,似乎我没再干别的。本地卫视不时报道城中村或某个住宅小区发生的凶杀案,我想马建一天到晚不着家,大概是为这些案子跑前跑后。我又想起苏姐提到的养狗的事,脸颊冒出热气。

待热气消散，我盘算该养一条什么品种的狗，是养大型犬，还是小型犬？

我有点拿不定主意。

除开养狗，其他能消磨时间的事，我也尝试过，比如，参加某个民间读书会，阅读一本书，然后大家伙聚一起，聊一聊感受。读书活动，我去过两次，当时读的书，书名为《自由》，作者好像是个美国人，我忘了那位作家的名字。对我来说，记住外国人拗口的名字，是一件相当困难的事。

读书会上，有个谢顶的中年男人加我微信，隔三差五，他给我发信息，全是对书慷慨的赞美。令我不解的是，他还会用手机拍下书中描写性爱的段落，发给我，一次又一次，不带重复。面对赤裸裸的勾引，起初，我会礼貌应付。次数多了，我懒得再理他。他却一而再、再而三问我，这一段关于性的描写，我觉得很贴合人物，你怎么看？实在忍不住，我回他——你是不是想泡我，想跟我上床？如果是，你可以直接一点，我喜欢直率的男人。他说，愿意么你？我说，愿意什么？他说了一个文绉绉的词——分享身体。我说，你回家去，问问你老婆，看她愿不愿意脱了裤子，张开腿给你搞。男人很识趣，知难而退，没再跟我谈他的阅读感受，我估计，他应该是转移了战场。

此后，我放弃了参加读书会。

我依然像从前一样，靠观察墙顶的壁虎、做家务、看电视打发时间。某一天，整理抽屉杂物时，我翻出一个药盒、一个装格力空调遥控器的塑料袋，药盒是999感冒灵冲剂，盒内附有纸质说明书。

主要成分：三叉苦491mg，金盏银盘327mg，野菊花246mg，岗梅736mg，咖啡因0.4g，对乙酰氨基酚0.2g，扑尔敏0.004g，薄荷油0.2ml。

功能主治：解热镇痛。用于感冒引起的头痛，发热，鼻塞，流涕，咽痛。

……

默念纸面文字，念完999感冒灵冲剂说明书，我启开塑料袋，念格力空调说明书。念完一遍，我又重新用眼睛浏览了一遍，再将白纸叠好，恢复原位。

我找到又一个打发时间的方式——阅读产品说明书。后来，收拾屋子，我会特别留意单页纸张或装订后的小册子，翻看过苹果手机、空气净化机、电饭锅、洗衣机、微波炉、电暖器、杜蕾斯安全套等物品的说明书。很快，我记住那些电器的相关使用知识，若是去国美或者苏宁当一名电器销售员，我估计自己也能胜任，干得不会比其他人差。

天阴沉了一段日子。气温依旧寒冷。

我有点想念家乡哈尔滨,想念夜幕下的圣·索菲亚教堂。马建偶尔回家,从袋面起毛球的环保袋取出几套换洗的脏衣,又带走几套内衣裤。他告诉我,最近两起凶案,凶手已抓捕归案,他可能很快就会升职。嘴上恭喜他,我心里却在想——谁知道你成天忙些什么,是在忙案子,还是在忙着脱女人裤子。曾经,苏姐委婉地提醒过我,交代我看紧马建。她说,十个男人,九个都不老实,唯一老实的那个,估计也是因为功能有问题。苏姐那些歪理邪说,我漫不经心听着,没表示肯定,也没表示否定。

寒气笼罩整座城市的夜晚,我坐台灯下,泡一杯速溶咖啡,像所有想做出销售业绩的售货员一样,乐此不疲地默读产品说明书。拆开一个又一个盒子,再封好一个又一个盒子,咖啡喝完,关了灯,我钻进被窝,挪挪腿、挪挪脚,隔一小会儿,被窝便暖和了。

闭眼,一天就这样乏味地过去。

再睁眼,同样乏味的一天又降临头顶。

有段时间,睡沉后,我总是无休无止地做梦,梦到一条狗伸长舌头,它的舌苔很厚,不停舔我膝盖,舔完左边,又舔右边。狗舌舔得发白发干,它仍埋头机械地运动,似乎永远也停不下来。

我决定养条狗。

上网查阅有关宠物狗的信息,哈士奇、贵宾犬、牧羊犬、吉娃娃、腊肠犬、蝴蝶犬,挑来挑去,最终我选择了小型犬吉娃娃,给它取名叫豆豆。苏姐说,汪琴,有条狗陪你,总比什么都没有强。我心里根本不在意狗的品种,就算养只其貌不扬的矮脚土狗,我也愿意。苏姐又说,养的时间长了,会有感情。我说,苏姐,你怎么不养条狗?苏姐说,养过,养了两次。她端起茶杯,神秘叵测地说,你猜结果怎么着?狗跑了。

夜里我跟苏姐静坐茶室,她跟我分享了曾经养狗的经历。

苏姐说,第一条狗是哈士奇,养了半个月,狗不明不白失踪。第二条是腊肠犬,就一个月吧,也跑了。我在小区,还有小区附近都找过。

我说,没找到?

苏姐说,狗毛都没寻到,更别提狗尸骨,可能我跟狗没缘分。说起来也怪,那段时间,小区不单我家的狗失踪,其他养狗的人,也有丢狗的,真是乱七八糟。

我说,没报警找?

苏姐说,在深圳生活,大家都各忙各的,我们连人都不在意，谁会在乎一条狗。掐灭夹在指间的香烟，苏姐的眼眸仿佛笼罩了一层雾气，看人时的眼神，藏着无尽的空茫。

我说，是啊，如今连人都没人在意。

苏姐说，汪琴，所以我跟你讲，最好是养条小狼狗。话毕，她扬起眉毛，古怪地冲我笑。又说，狗会跑，人不会，有钱，你就能拴住他。

眼望苏姐额头，我第一次发现，她的发际线偏高，额头空阔。我不知说什么好，于是干脆什么都不说，只是拿眼睛瞅她，再捧杯，抿一口茶。茶水太热，烫得我把伸出的舌头缩了回来。又把烫手的茶杯放下，搁桌子台面。

苏姐说，他天天打电话、发微信，嘘寒问暖，周到得很，你交代他舔左边脚指头，他会连右边脚指头一起舔。面上该做的，该下的功夫他都做足了。老韩呢，他连敷衍我一下，都懒得敷衍。

老韩是苏姐老公，生意人。过去我听苏姐提过，她老公是唐山人，经历过唐山大地震，亲人在地震中丧生。我说，老韩是从死人堆里爬出来的，经历过生离死别，肯定跟一般人不一样。

苏姐说，他不是人。

目光注视苏姐，我等待她的后话。但她噤了声，从烟盒抽出一支香烟，没点燃，只是夹在食指和中指之间。她说，我也不是什么好人，有时魔鬼会住进我的身体。那一次，我约了两个朋友，两个你不认识的朋友，干活前，给小狼狗喂了万艾可，四个人，足足干了两小时。

我想象三个人到中年身体不再年轻的女人和一个年轻男子，在酒店房间床上或者某个会所包间的沙发上，四人赤身裸体的场景，五味杂陈。她们眼里，年轻男子大概是一匹性能良好的种马。

苏姐将指间的香烟装回烟盒，沉默两秒，她说，汪琴，好好养狗吧你！

每天，豆豆对我摇头摆尾，有时它还会用身子蹭我脚踝，冲我撒娇。一日三餐，我准时给它喂狗粮，带它下楼，到小区散步。隔一天两天，给它梳毛、为它洗澡。

时间似乎过得快了些，又似乎跟从前一样。

我照旧读产品说明书，墙顶有壁虎或爬虫时，我也会盯着它们看。只是，电视机，我时而开，时而关，不像过去那样热衷关注娱乐综艺节目。茶几上的两盆微观植物，跟家里那只吉娃娃一样，也养得挺好。

闲暇之余，我会想起苏姐豢养的小狼狗，吞下伟哥，怏怏地吐舌头滴下涎水的模样。他是以怎样的心境，面对一具或多具衰老的肉体？我想，如此下去，迟早有一天，他会累死在床上,或者软塌塌的沙发上。

过完圣诞,元旦节前,苏姐约我小聚。她说,汪琴,把马建也叫上,来我家,尝尝我做的客家菜。

那天黄昏,阴天,落毛毛雨。我跟马建一起,携带豆豆,去了苏姐家。途经百果园,马建购买冰糖心苹果、香梨、芒果、红心柚,拼了个果篮。天擦黑,我们抵达"云城",苏姐居住的小区。

苏姐说,人来就好,还带啥东西,见外。

老韩也在家,跟我和马建打招呼。我们都是第一次见面。老韩的眼神有些怪异,仿佛长了翅膀,飞来飞去,飘忽不定。一想到他是地震后的幸存者,此种眼神,该是他们这类劫后余生者的标配。

目光巡视一圈客厅,各类昂贵、精致的摆件,井井有条放在它们该待的位置,显然,苏姐精心收拾过。我把豆豆搁客厅玩,独自进厨房给苏姐打下手。厨房弥漫着饭菜油腻的香气。苏姐煲了猪骨莲藕汤,做了猪肚鸡、酿豆腐等客家菜。

老韩泡一壶铁观音,陪马建坐客厅喝茶。客厅隐约传来他俩聊天的声音。

老韩说,马队,最近忙吧?

马建说,忙得差不多,两起案子,都结了。

老韩说，好好，那就好。

短暂的热情过后，找不到更多话，他们有一搭没一搭地闲聊，喝茶。择青菜时，我特意跨出厨房，瞄了两眼马建，他搓完手掌，又搓手背，走去阳台抽烟。洗青菜叶时，客厅传来豆豆惊恐的狂吠，它似一粒从枪膛射出的子弹，夹紧尾巴，蹿进厨房。豆豆蜷缩狗身，昂头，凝视着我，惶恐又不安地凝视着我。

抱起豆豆，我回到客厅，老韩还坐在之前的位置，眼睛不知是盯着紫砂壶看，还是盯着紫砂杯看。我似乎洞见他眼神里藏着某种尖锐的武器，我也讲不清，是一把匕首，还是一把电锯，或者其他。

老韩说，汪琴，狗叫啥名字？

我说，豆豆。

老韩说，豆豆怕我，我这人不好亲近，不单豆豆，所有狗都怕我。

豆豆窝我怀里瑟瑟发抖，将它放木地板上，纵身一跃，它又跳我怀里。马建仍旧站阳台抽烟，不知在观察什么，或考虑什么。我盯着他发福的背影看，计算时间，他应该在抽第二支烟或者第三支烟。拿手掌抚摸豆豆脊背的毛，安抚它，我心想，为何马建不进客厅，再跟老韩聊一聊？

饭菜出锅，我们围坐一桌，老韩和马建喝了点酒，饭局的气氛似乎松弛下来，大家聊起令人难以捉摸的股市，越来越高的房价，还有在学校寄宿的孩子。很快，我们就把要扯的话题全部扯完，一时又找不出新话题，只好各自扒饭、吃菜，两个男人再次举杯，继续喝酒。

客厅能听到屋外落雨的声音，细碎的雨滴砸落在树叶、窗玻璃上。右手握筷子夹菜，左手轻抚豆豆柔软的脊背，它似乎还在打抖，只是抖的幅度小了，抖的频率低了。

尴尬的饭局结束，我和马建驾车回家，豆豆终于恢复正常。临近小区时，我说，马建，在苏姐家，你怎么一直站阳台抽烟？

马建说，跟老韩没话说。

我说，没话，可以找话。

马建说，老韩这人，有点怪。

我说，哪里怪？

马建说，具体谈不上，看他的眼神，大概藏了不少事。

我说，他是唐山孤儿。

透过窗户，目光投向楼下蜿蜒曲折的深圳河。我想起多年前的夏天，天一热，河面便散发刺鼻的怪味，那时，有人往河道里扔各种垃圾、死鸡、死鸭，甚至死婴。治理过后，如今，河水清冽许多，河道两旁绿草如茵。

元旦过后，深圳迎来又一波冷空气，气温罕见的低。

白天，除了去超市买菜、在小区遛狗，我很少再出门。好些天，苏姐没找我去茶室喝茶，也没打电话给我，只是偶尔在微信发个信息问好，或者在朋友圈为我晒的豆豆的狗照和厨房拍的菜品点赞。

春节临近，我一天到晚忙活家务，把桌子、椅子、沙发、地板，擦得没半点灰尘。客厅、房间的空调，我也装好布套。最后，连窗台玻璃、墙角旮旯的尘垢都打扫干净了，我开始清理抽屉的杂物，打算扔掉那些空的药盒、包装盒，清理完客厅，再清理卧房、书房。

书房壁柜，有一堆马建拼命工作换来的荣誉证书，证书下压了两个药盒：鹿精培元胶囊、金匮肾气丸。药盒是空的，盒内附产品说明书。

鹿精培元胶囊，功能主治：滋补肝肾，益精培元。用于精血亏虚所致的腰膝酸痛，畏寒肢冷，心悸烦热，头痛失眠，夜尿频。

金匮肾气丸，功能主治：温补肾阳，化气行水。用于肾虚水肿，腰膝酸软，小便不利，畏寒肢冷。

浏览两遍药品说明书，我心想，过去是不是错怪了马建，是自己闲得发慌，没事找事，怀疑他外面有别的女人。透过书房窗玻璃，眼望深圳河，我发了会儿愣。

我想起从前许多事，思绪的巨翅飞回来，我将药品说明书塞进药盒，照原样搁放壁柜。接下来，我不知该干什么，只好在客厅来回走。没事的时候，我喜欢在客厅走来走去。有事的时候，我更喜欢在客厅来来回回走，仿佛走几步，就能把那堆令人头疼的事情解决。我盘算着，若是马建回家，是不是该问问他，是否仍在吃药。我想，马建是个要面子的人，这种事，还是等他主动提好。

好几天，我心神不宁。洗澡，会让我心情好一些，所以我总是洗很长时间，站在喷热水的莲蓬喷头下，撑开十根手指，用力地搓揉身体，直到大腿内侧和小腹被搓得泛红。

洗澡时，我经常错过电话。这次，又错过苏姐电话。待我拨过去，手机那头传来她号哭的声音。苏姐说，老韩在小区车库，给警察逮走了。

我以为是在做梦，整个人仿佛置身云里雾里。马建找人打听后，告诉我，带走老韩的是河北警察，老韩牵扯到二十多年前一宗命案，他参与群殴，伤人致命，从河北逃到深圳，从此改名换姓，开始了新生活。他还查到，老韩在外面有其他女人，生养了两个孩子，一个男孩一个女孩。马建说，老韩并不是什么唐山孤儿，他父母都还活着。第一次见他，我就察觉他不对劲，他那眼神，比古井还幽深。

我和苏姐面对面坐茶室，将马建打听到的细节，转告给苏姐。

苏姐一只手紧捂胸口，眼泪流出来，她压抑住哭声，边哭边说，汪琴，我早该想到的。以前我没跟你讲实话，我养过两次狗，都是我送走的，老韩不喜欢狗，背着我，他总踢狗，一脚一脚猛踢、狠踢，后来被我发现，就把狗送走了。我问他，为何嫌弃狗？他说年轻时打架，被狗看到。过后我没再追问，可能他打死人时，正好被狗撞见。他干的那点事，狗又不会传出去，汪琴你说是不是，一只狗能把他怎么样。

回想起老韩包藏锐器的眼神，我脊背一阵发凉，心脏似乎抽搐了两下。我说，可能他是心虚，害怕。

苏姐说，他包养女人的事，其实我早晓得。就算知道真相，又能怎样。

我注意到，苏姐捧玻璃茶杯的双手，抖得比帕金森症患者还厉害。她跟我聊起更多过去跟老韩生活的细节，他们坐一张桌子吃饭，讲话从不超过三句；他们躺一张床上睡觉，一年老韩也碰不了她几回……她说，汪琴，知道么你,这些年,我一直生活在冰冷的墓穴里。

盯看眼睛红肿的苏姐,我琢磨要不要把马建私下吃药的事告诉她。最终,我给嘴巴上了锁,只是竖起耳朵,凝视对面抹了唇彩的嘴巴——两瓣厚唇,一张一合。

亲爱的敌人

这次出差,要去的城市是哈尔滨。她在南方生活惯了,正值冬天,想起天寒地冻的北方冰城,脏器似灌入一股冷风,腿肚子忍不住打哆嗦。她收拾行李时,他坐床沿边默语不言,看她一件一件往黑色拉杆箱塞东西,面霜、牙具、洗面乳、充电器和换洗的衣物。行李箱塞满了,她拉紧银色金属拉链,心还悬着,总觉得少带了什么。她默念清单,该带的似乎都带了。

半个月前,她就开始准备出差的各类物品,加长加厚的羽绒服、棉裤、长筒靴、毛线帽、羊绒手套,甚至连喝水的保温杯,都备好了。她专门查过哈尔滨的天气,零下二十五摄氏度,最高温度是零下七摄氏度。跟深圳气温一比,她倒吸两口寒气,满脑子是哈士奇奔跑在雪地或冰面拉雪橇,累得恹恹吐舌头的画面。

卧房橙色的暖光洒他和她身上。

他像只尾随主人的幼猫，一直静坐床边，雕塑般纹丝不动。她说，你有事？盯看脚底浅灰色棉布拖鞋，他觉得她现在并不想认真听他说话，便说，等你回来，咱俩再聊。她说，不急？他说，一点小事，不着急。

他们上床，关灯，睡觉。

室内能听到室外北风刮响树叶，令人不安的声音。原本他想告诉她，岳父，也就是她父亲，吃饭时把舌头咬了，不算严重，但也伤得不轻，流了血见了红。有些事，他不好当面跟岳父讲，男人之间，得相互留面子。

早前，他脑壳里已经你来我往，模拟过一遍谈话场景。他说，你爸吃饭，把舌头咬了。她问，多大的人，怎会咬到舌头？他答，吃得太快。她再问，又不是赶着跑去救火，吃那么快干吗？他答，估计是想赶晚场的麻将。

他想委婉表达的主题，无非是让她帮忙劝劝她父亲，少打点牌、少泡点麻将馆。

今年过完春节，岳父岳母便从老家来到深圳，帮他们带孩子，五岁的儿子和两岁的女儿。一个月两个月后，岳父的名声在小区一帮老头老太太当中传开——那个谁家的外公，下午一场麻将、夜里一场麻将，一盒芙蓉王从牌局开始抽到牌局结束，身体可真好。

那些风言风语，肯定不是夸奖，得倒过来听。

他没觉得打个牌、摸个麻将有多混账，老一辈人有老一辈人的习惯，就像现在的年轻人，搭地铁、乘公交、混饭局，到哪儿都捧个手机，眼睛不眨地瞅手机屏幕，有什么好说的呢？实在没什么好说的。

直到某天他带儿子在小区骑儿童自行车，有位面善的老太太拢过来，神秘兮兮说，你家是不是外公负责接小孩放学？他说，是。老太太说，那天大班的学生都接完了，独剩你家儿子在，一个人站幼儿园门口，可怜兮兮。他说，有这事？他想家里岳母负责带女儿，大概当时走不开。老太太没再多讲，迈开腿，哄趴草地打滚的孙子去了。他猜到老太太的言外之意，岳父好打牌没问题，但玩归玩，不能耽误正事接儿子放学。

他预备把这事也跟她说道说道，又不方便直言，得拿捏好分寸，毕竟带孩子是个累活。岳父岳母从老家过来，属于义务帮忙。若是他亲爸亲妈，就不用左右为难，该怎么说就怎么说，该上眼药就上眼药。

躺床上，他挪动身体，思前想后，还是决定等她出差回来再议此事。岳父的事，是一件事，他还想讲另外的事，更重要的事。一想这个，他身上的瞌睡虫迅速跑开。

又是一个不眠之夜。

她的职业是培训师，工作忙，一年四季大部分时间在外出差，北京、上海、沈阳，有时也去西北呼伦贝尔、乌鲁木齐。不出差待深圳时，她也忙得够呛，每天下班，她都比他晚。偶尔，她公司开会，能开到凌晨一点两点。

他知道她忙，十二分体谅她，家里的事、孩子的事，基本他都往自己身上揽，比如，幼儿园开家长会、孩子生病上医院、孩子去各类培训班上课，全是他参加或负责送来送往。

他的工作平常不用加班，晚上多是准点下班。到家时，岳父通常坐桌边，握一副扑克牌，桌面摆满扑克，黑桃、红桃、梅花、方块。他不知岳父自娱自乐，玩的啥牌。他也懒得问。但岳父见他进门，会昂头客气地问他，不饿吧？他答，不饿。其实他早饿了，饿得还不轻。一问一答结束，岳父继续埋头玩扑克，丝毫没有起身进厨房做饭的意思（岳父年轻时当过厨师，他负责做饭）。有时他会恶作剧般地想，若他回答——饿，饿坏了，岳父会不会丢下扑克牌，像赶牌局那样，火急火燎跑去做饭。

临到她快下班回家，岳父才不舍地放下扑克，跑厨房忙前忙后。她进家门时，吃的都是热菜热饭。这样的次数多了，他便透过现象看到本质——岳父是有意为之。他能理解，这是父亲对女儿的爱。他的父亲母亲在深圳，帮他带儿女时，对他，也会有所偏爱。

他看到的现象不止一个，还有其他。

岳父洗碗或不洗碗，要看她在或不在。她出差在外或者加班，不回家吃夜饭，通常岳父吃完饭，放下碗筷，便换上运动鞋，下楼散步锻炼。实际上，岳父锻炼只是借口，多数时间泡在麻将馆，要不亲自摸麻将，要不看别人摸麻将。若是她在家吃夜饭，岳父则会洗碗。一家人围坐一桌，岳父放慢吃饭的节奏，饭毕，收拾好碗筷，再出家门。

岳父带孩子或不带孩子，也要看她在或不在。她不在家，岳父干完自己那一摊事，多半会出门。遇到落雨天，不出去，岳父就搬一张凳子，带着扑克，关了房门，窝房间玩扑克牌。若不玩扑克，岳父会打开书房的台式电脑，玩网络游戏斗地主。她在家，岳父则是另一个人，逗两岁的外孙女玩，给外孙女讲故事或做互动游戏。有时，岳父也陪五岁的外孙做作业，或干点其他的。

……

在她面前，岳父是个伟岸的慈父形象。岳母则比石头还沉默，任劳任怨，岳父不洗碗时，她洗，岳父不带孩子时，她带。岳母从不戳穿那层窗户纸。他一想岳母如此隐忍，也就觉得自己没必要吃饱撑的当恶人，去捅破那层薄纸片。

待家里,他空闲时,会带儿子、女儿到楼下小区玩。夜里睡觉前,他会给孩子们照着绘本讲睡前故事。累了,他想放松,就独自躲进书房,关紧书房门,投飞镖。

他喜欢飞镖运动。

书房象牙白墙面挂了一只飞镖盘。玩飞镖,是他的休闲方式。他把这项十五世纪兴起于英格兰的运动,当成年少时手握弹弓打鸟的游戏(掷飞镖的那一刻,他仿佛变回少年,脑壳里往事浮现:炎炎夏日,他身穿背心短裤,脚蹬凉鞋,手握弹弓在树林里打鸟,麻雀、灰鹊、野鸽,一射一个准儿)。笔直地站在离镖盘两米远的位置,他能将三支飞镖全部击中靶心。他想,若是去参加职业比赛,他不一定输给职业选手。他甚至想,若能有机会跟飞镖运动界的传奇人物约翰·帕特赛一场,哪怕输了,也值。

某次去书房,他感觉挂墙面的镖盘被人动过。吃夜饭时,他当着她的面,问她是不是投过飞镖。她摇头否认。他猜测,她没动,儿子才五岁,身高不够,肯定也不会动。他漫不经心观察岳父的表情,岳父似笑非笑,神情高深莫测。

他不想别人动他的镖盘,那是属于他的领地,几乎是他在这个家唯一的领地。

哈尔滨落雪了。

她告诉他,真冷,整个人快冻成水泥雕塑。工作之余,她抽空跑了趟雪乡,特意站雪地里拍照,发微信给他看。跟照片一起,还配了段诗情画意的文字——下雪了,若是两个人一起牵着手在雪地行走,一不小心就白了头。他的心脏猛跳两下,暖暖的,这段话他觉得好熟悉,寻思似乎在哪见过。

她说,你知道我忘了带啥么?最重要的东西。

他说,啥?

她说,羊绒围巾。我把围巾落衣柜里,走时忘了取。

又说,那天你是不是有话想跟我讲?

他说,等你回来。

她再问了儿子、女儿的生活情况。他说,都很好。她又问她父亲的身体状况。他说,也很好。

其实,岳父身体并不好。

甚至可以说,岳父身体差,相当差。每天他得吃三种药,治高血压的、治糖尿病的、治冠心病的。该吃的药,岳父吃,不该喝的酒,岳父喝,香烟,他也照抽。

过去,酒是他给岳父买的,一箱六支,每支500毫升。岳父初来深圳,他知道岳父好一口酒,出于礼节,网购了两箱。没料到的是,岳父一日三餐,两餐要喝酒,且毫无节制。过完清明节,某天吃夜饭,岳父说,酒快喝完,得买了。当时她出差,没在饭桌现场。岳父提到买酒,岳母沉默。他理解为——岳母认可了岳父喝酒,便继续网购,一次两箱。

两年前,岳父在老家做过心脏搭桥手术,医生交代,岳父一不能抽烟、喝酒,二不能过度劳累。可能是喝酒喝的、抽烟抽的,也可能是年轻时过度暴饮暴食,或其他原因,岳父来深圳后,住过一次医院,颈动脉右侧血管溃疡百分之九十堵塞,装了根支架。

当时他们一家人去医院,岳父穿蓝白条纹病号服,躺病床上,低眉顺眼瞅她,软塌塌的目光又转向岳母和他。那副可怜相,令他心生怜悯。她将院方的手术治疗方案告诉父亲。她说,手术费,算下来差不多八万。岳父沉默。岳母也沉默。岳父说,等我出院,就把酒戒了,烟我也不抽了。岳父的意思再明显不过——先赶紧把手术做了。

术后,老长一阵,岳父真没喝酒,麻将依旧照摸,一天两场,下午一场、夜里一场。酒岳父是不喝了,但香烟,他照抽。只是,岳父抽烟,会背着她,也背着岳母。有时他能闻到岳父身上尼古丁刺鼻的气味。她不说,岳母不说,他作为女婿,当然只能睁一只眼闭一只眼。

他知道,她们知道岳父抽烟。岳父也知道他们知道他抽烟。彼此心照不宣而已。有个礼拜六,夜里他刷牙时,听到她对岳父说，三支，一天顶多只能抽三支。她清楚她父亲的身体，似朽木，随时可能被命运折断。

酒她是彻底不让父亲喝了。

岳父趁他们白天上班，中午偷喝过一次，夜里他们回家，岳母没帮助隐瞒，把此事抖出来。岳父说，喝点白酒，能活血化瘀。她说，这是哪来的歪理邪说。又说，若下次再住院，我懒得管你。

后来岳父倒是真没再喝酒。

台风侵袭深圳那天，大风刮得小区的大树小树左摇右晃。他去楼下取快递，遇到小区执勤的年轻保安。过去他带儿子、女儿在楼下耍，经常跟年轻保安闲聊。他们是湖南老乡，扯过几次白话，混成了熟人。

保安说，孩子外公最近咋样？

他不知保安问的是岳父的身体，还是其他，便说，还好。

保安说，是不是打牌手气不好？

他说，是么？

保安说，看他一天到晚黑个脸，估计是手气差，输了钱。

他心里好笑，扬眉，脸上也礼貌地微笑。

保安说，孩子外公烟瘾真粗。

他说,戒烟了吧他?!

保安说,戒了吗?小区那帮玩牌的叔叔阿姨,都知道孩子外公身体不好,不能抽烟。他说活到一把年纪,得随自己心意,人怎么高兴怎么来,开心就好。烟,应该没戒吧!

他猜背着他们家,小区的老头老太太不知如何戳他们脊背。抬头,望了一眼阴沉沉脏抹布似的天空,他没搭腔,径直往楼上走。背后传来年轻保安急切的声音——哥,我是不是话讲多了、多嘴了,当我没说。

他把自己关进书房。

目光凝视镖盘,他手捏飞镖,深吸两口气,那些扰人的事——公司升职加薪、岳父人前人后两张皮、鸡零狗碎的家庭琐事,还有被套牢的股票、房子月供等等那些天大的事,一一变小,变成了尘埃。他的视线凝聚成一个黑点,投了三次飞镖,三次连中靶心。

她发来微信,告诉他星期天回深圳,早上七点半飞机。她给孩子们带了哈尔滨红肠,还带了列巴,也就是俄罗斯面包。她说圣诞节快到了,计划下周末带女儿、儿子去一趟珠海,去那边的长隆海洋王国过圣诞节。

礼拜六,他上午带儿子到宝安体育馆学画画,中午回家,见岳父闭目坐沙发榻,养神。这不正常,若是从前,岳父这个时间点，应该坐麻将馆休闲娱乐。他故意问，外公今天不出去玩？岳父似乎哼了一声，或是两声，算是回应。

下午时，瞅着岳父紧蹙的眉头，他大概猜到——岳父的病又犯了。吃夜饭时，一问，岳父真犯病了，上次是胸痛，这次是腹痛。他没告诉她，省得她担心。岳父上回手术后，家里备了台电子血压仪，一测血压，220高压。

天擦黑，他开车将岳父送到第一人民医院，直接住进急诊科的抢救室。目视穿蓝白条纹病号服，躺病床上的岳父，他想起上一次岳父住院时的情景，老人家眼眸里全是哀怜之光。他又想起在家时，老人家饭前或饭后，拧开一只又一只药瓶，一会儿胶囊一会儿药丸，全往嘴里送，恓惶的模样。他还想起岳父在麻将馆打牌，一根接一根点燃香烟，叼两瓣嘴唇间，伸手打出一张二筒或者幺鸡……他悲伤一阵，怜悯变成轻微的愤恨，情绪瞬间复杂起来。

抢救室人来人往，病床躺的多数是年迈的老人，那些老人，似乎只剩呼吸的气力。咳嗽时，能听到浓痰堵塞喉管丝丝的声音。他是第一次到急诊科抢救室，也是第一次夜里上医院。医生给岳父开了降压药，静脉注射，打吊针。医生还开了一堆化验单，验血、照CT。他缴完费用，站岳父病床旁，岳父闭眼，似睡非睡。

他一会儿东一会儿西，在抢救室踱步，消磨时间。

抢救室又陆续来了病人：一对拍婚纱照掉进海里，溺水的年轻人；一个被匕首捅伤腹部，流血不止的小伙子；一个被汽车撞伤的男童，左手臂和大腿骨折，医生稍碰一下，哇哇大叫。男童父母大约是来深圳打工的外乡人，他们弓身伏病床旁，急得眼泪在眼窝里打转。

抢救室摆满病床，新增的病人只能睡门外急诊科大厅就医，两个喝醉酒的东北人，趴病床床沿，往瓷砖地面上吐了一堆污秽，快吐出胆汁……

他凝视来来往往的人，有的病人离开医院回家，有的病人转去住院部，另有一个老人，停止呼吸，死在了抢救室。两名中年女子，大概是老人的女儿，脸上一直挂着眼泪水，边走边流，低声地哀号。

这一夜，他目睹了世界最不堪的一面，那是阳光的背面。

凌晨三点，瞌睡上来，他想随便找个地方睡一觉，没有床，将就将就，靠在哪个墙角睡都行。走出急诊室，他站医院的草坪上，不远处传来汽车轧过马路，车轮摩擦泥石路面的声音。晚风吹他身上，带着刺骨的凉意。夜里急匆匆出门，他衣服穿少了。感到冷，他伸出双臂，环抱住自己。

昂头望天,突然,他想抽一支烟,或者两支,甚至更多。但五年前,她怀孕时,他把烟戒了。他想去买盒香烟,从医院转了一圈,又一圈,没找到通宵营业的便利店,只好放弃抽烟的念头。

黑暗中,他隐隐听到哭泣的声音,似孩童啼哭,又似女人痛哭。他想起岳父的CT检测结果,报告并不理想。医生说,还要做进一步检查,再确诊。站在微光烛照的廊道里,他盼着,黎明早一点到来。

白天,上午,岳父做了加强CT。检测结果出来,病情复杂:慢性胰腺炎、心脏某根血管百分之六十堵塞、颈动脉左侧血管溃疡百分之八十堵塞。

岳父住进CCU,冠心病重症监护室。

医生问,平时喝不喝酒?

岳父说,不喝。

医生问,抽不抽烟?

目光扫了他一眼,岳父又看医生,说不抽。

又说,抽得少。

医生说,烟得戒。

院方告诉他关于岳父的治疗方案,先治疗慢性胰腺炎,灭掉炎症;再做颈动脉左侧血管手术,装一根支架。心脏堵塞的那根血管,可以暂时不必处理,待有了症状再做治疗。

熬过一夜，倦意走了，又来了，他扫视一圈冠心病重症监护室，血压仪、氧气呼吸机，行色匆匆的胖护士、病床上喘息的老人，他感到累，五脏六腑都想睡一觉。

CCU病室下午三点至四点接待病人家属，其他时间不允许家属出入。他开车回家，岳母正带儿子、女儿在客厅搭乐高积木，孩子们搭了间大花园，园内摆放着大象、斑马、麋鹿等食草动物。他把医生告诉他的关于岳父的情况，转述给岳母。仔细瞅岳母的脸，看不出哀愁，也看不出悲伤。那张脸，始终是隐忍的、沉默的，布满皱纹。

进卧房他倒头便睡，沉沉睡去。接二连三，他做了许多梦，当中有个梦，他一个人在辽阔的操场上，跑步，一圈又一圈，跑得气喘吁吁，却没人喊他停下来。他感到前所未有的疲惫。在睡梦的深处，一只手摇他。那只手仿佛来自遥远的地方，他以为还是梦。不是，是她从哈尔滨回来了，喊他起床吃夜饭。他说，我睡了，别叫醒我。他还想睡，想一直睡下去。

岳父出院，是他开车去接的。

那天天气极好，天空晴朗得无可挑剔。走出医院大门，岳父伸膀子伸腿，活动筋骨后，岳父说，往后不能再抽烟了。他一只耳朵听着，没接话茬，一路沉默将车开回家。他想这段时间，岳父的药量又得增加，胶囊、药丸，大概得按斤吃。

岳父静养两天，闲不住，又开始泡麻将馆。

他从岳父身上，再次闻到烟味。他不知说什么好，又怕自己想歪，可能是其他人坐麻将馆抽烟，烟味窜到岳父身上。脑壳闪出一个念头，把他吓一跳，脊背直流冷汗——他打算当回侦探，去麻将馆瞧一瞧。

夜里，八点半不到，他拎了袋垃圾下楼。丢完垃圾，往麻将馆方向走，他没准备进门，只是站门外，隔着透明玻璃推拉门，观察室内动静。他先是看见岳父的脑壳，才五十九岁的人，满头白发。移动视线，目睹一支夹紧香烟的手。那是——岳父的手。千真万确，是岳父的手。

离开麻将馆，他退回暗沉的夜色里，长舒一口气。家里没烟盒，也瞧不出岳父抽烟的迹象，他们都以为岳父戒烟了。后来他专门去过一趟麻将馆，才弄清楚，岳父将香烟寄存那里，打牌时，再取出存货。他想，岳父为抽上烟，真是用心良苦。

周末，他们带着女儿和儿子，一家四口驾车赴珠海。

一路上，孩子们显得特别兴奋，一会儿说要给海狮、海豹喂食，一会儿说要跟海豚、北极熊合影。他心里有好多话想对她讲——关于岳父的身体，应该注意休息和节制,该戒的烟得戒掉;关于他的工作,升职的位置已被另一个会来事的同事顶替,他计划跳槽;关于书房墙面那个时常被人动过的飞镖盘;关于他对他们未来的设想……

最终,他没跟她提这些事,只是说,你看,明年我就满三十六了。她说,时间真快,你都快三十六了,一眨眼,孩子们长大了。他能听出她讲这些话的真诚。

黑色汉兰达行驶在高速公路上,他的目光紧盯前方和更远的位置。远方的风景汇聚成一个圆点,似飞镖盘的靶心,又像是一只茧蛹。他想着他们之间感情存在的问题,那些裂缝是从何时炸开的,是去年还是今年——她根本不清楚他内心真正想要什么,他的抱负、他的不安、他的慌张与惶恐。

圣诞节临近,长隆海洋王国门前装置了一棵巨型圣诞树,一拨又一拨大人和孩子、年轻情侣站立树前合影留念,空气中飘荡着甜腻的圣诞歌曲《Jingle Bells》,叮叮当,叮叮当,铃儿响叮当……

温暖、祥和的气息笼罩着他。那个瞬间,他感觉自己坠入梦的深渊,肉身远离尘世。若是可以,他希望天长地久地梦下去。

到处都是风

一

事后回想起来,那天,也就是周六前夜,我肯定喝多了。包间里,一只绿头苍蝇奋力振翅,不停撞击窗玻璃,它想离开弥漫酒精味的房间,出去透气。屡次突破失败后,它干脆趴伏在 LED 灯壁,静观白光灯下几位酒徒喝酒。

我们一帮人干掉两支伏特加、三支波尔多葡萄酒。说是一帮人,其实也就三四个人喝,自然我是当中一个。我想,多喝一点,没准对我的睡眠有好处。持续有段时间,我夜里没睡过整觉。半夜,我总是从梦中仓皇地醒来,望一眼窗外黑沉沉的夜,再也睡不着,只好睁眼或者闭眼,焦躁地等待黎明到来。

幸好是半夜醒来,若早一点,零点时分,我会听到隔壁传来隐秘的响动，是那位罹患异装癖的男子，带回男友，闹出动静。他的作息异于常人，似田鼠，昼伏夜出。我在廊道见过男子多次，他瘦得像根甘蔗，描了眉，抹了口红，戴了齐肩的假发，甚至连胸也装饰过，塞了橡胶之类的填充物。若不细看，恰好你又是个正常男性，肯定会产生跟他恋爱的冲动。我随他身后，男子穿双高跟鞋，哒哒走，磕得瓷砖地面一路脆响。他走路生硬的模样，似只笨企鹅，我看着都觉得别扭。偶尔，我脑壳会闪过一个念头，随地捡根粗棍，冲上前，一闷棍将他敲晕。

夜深人静，不时会有笃笃笃的声音传来，细微而富有节奏。躺床上，我猜测声音的源头，可能是谁家修理椅子或者沙发，也可能是某个绝望主妇，拿鞋跟敲打木质地板……有一天，我坐沙发上看《动物世界》打发时间，盯看两只怒狮撕咬羚羊的血腥画面，突然恍然大悟，那笃笃笃的声音，估计是来自公寓某位修行人敲击木鱼。

我也想修行。

天天坐银行柜台点钞，实在太累，不单点钞的手累，心也累，我总想着那些钞票什么时候能属于自己。刚工作时，我夜里做梦都在数钱，数来数去，总是少一张，急得我在梦里流出一身冷汗。我想修行，灭减一点贪欲，我同事、我上司、我周边朋友，大家似乎都打算干这事，或者已经干上了。

去年春天,我计划过奔赴终南山,住一段日子,更长时间也行。我在网上查找资料,准备隐居的物资,松下剃须刀、碧欧泉洗面乳,甚至连李施德林漱口水都备好了两瓶。最终,我未能成行,单位不批假。当然,这不是问题的关键,不准假,我可以辞职。其实我早就有过辞职的念头,想去做点小生意谋生,开个米粉店、水果店、干洗店之类的,那样就不用再把点好的钞票递给别人,而是可以接过别人的钞票,实实在在装入自己腰包。

真正让我下不了决心的是——姐姐离婚了。

我劝过姐姐,别离,可不能便宜了他们。姐姐说,真脏,他干的那些事,让我觉得这个世界脏透了。我告诉姐姐,想去终南山小住。她说,地球上哪里还有干净的地方?又说,小伟,你告诉我,哪里还有干净的地方?凝视姐姐憔悴、疲惫的面孔,姐夫出轨的事,真伤了姐姐的心、破了姐姐的底线。我劝姐姐守住家,是有私心的,椰城房价越来越高,姐夫经营的房地产公司业绩蒸蒸日上,我是想让姐姐守住属于她的家财,在我困难时,好接济我,当我的靠山。

最终,姐姐还是离了。

我也不再成天东想西想。每天,我踏踏实实去银行上班,一张一张点好钞票,递给柜台前排队的取款人。夜里,我会冲一壶速溶咖啡,边喝边安慰自己,修行不必拘泥于形式,我可以依样画葫芦,跟大诗人李白、苏轼一样,当个居士,在家修行。

有时深夜,我会想象辞职离开银行后,干一票轰动椰城的大事,借此聊以自慰。那种快感,像是心里划过一道流星,瞬间将体内某个黑暗的角落照亮。

二

喝多酒的那一夜,我睡得极沉,没听到隔壁异装癖男子制造的古怪声音,也没听到笃笃笃敲击木鱼的响声。我眼皮似被针线缝紧,想醒来,却睁不开。

睡得浑身骨疼,手脚成了毫无知觉的木头。

一连串的敲门声,把我从睡眠的深渊拉回地平线。是姐姐来了,她手里拎只透明塑料袋,装一堆罐装啤酒及熟食,有白切鸡、卤猪耳、烧鸭。姐姐将熟食放茶几上,她说,小伟,来,今天陪我喝点酒!

捂住打哈欠的嘴,瞄了眼罐装德国黑啤,我说,姐,有事你?

姐姐欲言又止,沉默两秒,她说,先喝酒。

我说，昨天喝多了，闻到酒味我就犯恶心，想呕。

姐姐说，那你看我喝。

然后她一样一样将熟食摆茶几上，启开啤酒罐铅皮拉扣，独饮。姐姐很少喝酒，就算喝，也就喝一两杯红酒，美其名曰——养颜。过去姐姐也很少来我住的公寓，有事她通常打电话，约我去她那边。自从姐姐离婚后，她没打电话，有时我也会主动看她。去之前，我会先跑一趟超市，买些她爱吃的水果，比如芒果、龙眼、火龙果。

这一次，姐姐突然到访，显得有些反常。

很快，姐姐启开第二罐啤酒，喝了两口，递给我一次性木筷，她说，小伟，不喝酒，你吃菜！

我说，姐，别光顾喝酒，你也吃菜！

姐姐握住圆柱体啤酒罐，摇两下，目光在客厅巡视一圈，她说，跟你讲个事，千万莫告诉别人。

我说，什么事？姐你说。

姐姐说，你先答应我。

拍拍胸脯，我说，你的事，我会烂在肚子里。

姐姐眼睛亮了一下，视线定在我身后泛黄的墙壁，抿了下嘴唇，又喝了两口啤酒。她说，我要走了。

我说，姐，去哪里你？

讲话声突然低下来，姐姐似乎担心隔墙有耳，压低声音,神秘兮兮说,外星人要把我带走,我要离开地球。

伸出一个指头,在姐姐眼前晃了晃,我说,姐,这是几?

姐姐说,两罐啤酒不算什么,别以为我喝晕了。

我说,姐,若你没喝晕,那就是我晕了。你掐我看看?

扬起手,姐姐在我脸上掐一把,我喊了声痛。我说,不是做梦。跑去浴室洗把脸,再回到客厅,姐姐坐沙发榻发愣,似手工捏成的泥人。我说,姐,刚才的话,你再说一遍?

姐姐说,我看到外星人了,他要带我离开。走前,有两个人我放心不下,一个是你,一个是孔健。

孔健是我姐的儿子,我的亲外甥。

拉开门,姐姐走后,我仍没反应过来。她说,记住,小伟,一定要替我保密。

我杵在客厅,似根沉睡的木头,没回应她。姐姐屁股坐沙发榻那块位置,凹痕仍在,我的目光久久地停留在那里,仿佛身处迷雾中。我想肯定是自己前夜喝醉,做了一场老长的梦,而姐姐来访,不过是冗长的梦当中的一截。

三

　　每天晚上八点,或者八点半,只要不下雨,我都会换上便装,穿上耐克运动鞋出门,到荔枝公园跑步。

　　公寓离荔枝公园不远,步行,大约十分钟距离。跑出一身臭汗,我停下歇气,在公园内闲逛,看一帮老头老太太跳摇摆舞,听一群乐器爱好者吹萨克斯管、拉二胡、弹电子琴。有时也会遇见游荡的暗娼,黑暗中看不真切她们的脸,年龄不详,但起码超过四十。她们简单且直接,帅哥,发生关系不啰?我停立黑影身侧,问她,多少钱?那边说,五十。声音似含了浓痰,是抽烟过度的嗓音。我继续走。那边说,价钱还可以再商量。回头看黑影。她说,三十块,不能再少。掉头,我加快脚步,将一股异香抛于身后。她们太老了,腿间那块土地已然贫瘠,对我不再形成诱惑。

　　连续几天,跑步时,发现有人跟着我,是个女孩。

　　我快她快。

　　我慢她慢。

　　站路灯下,我扬起手,用手背揩额头的汗。女孩走来,一身阿迪达斯品牌。我从头到脚打量她。迎着我的目光,她说,你想睡我,是吧?

我说,怎么收费?

一声脆响,一个巴掌扇我脸上。她说,拿我当什么人你?

她不是失足妇女。

理亏,我只好自认倒霉。女孩叫刘丹,后来我们在万象城意合园餐厅吃披萨时,我说,我们叫不打不相识。她只是安静地看我,没说话。再后来,我跟她躺一张床上,想起初识时那一巴掌,火辣辣的感觉仍在。于是我分外卖力,想靠做爱扳回一局。我说,刘丹,没想到会有今天吧!她身上氤氲着潮湿的气息,像一条刚从水里捞上岸的美人鱼。她闭眼,不知是享受还是难受,仍没说话。

刘丹是个奇怪的女孩,做爱时,她喜欢张嘴咬人,我肩上、手臂上,留下好些紫色淤痕。不做爱时,她也像只调皮的幼狗,嗅你的脸、脖子,不时隔着衬衣,在肩上来一口。她嘴里喷出温热的气息,挠得我耳根、脖子痒,随后再发展到心痒。

躺床上,盯看墙顶的黑暗,我跟她谈起日后结婚,又谈起婚后生子。她"嗯"两声,算是回应。她说,小伟,你真爱我么?

我说,当然。

她说，爱不是随便挂嘴边的。

于是，为了证明我对她的爱来自真心，我把我姐见到外星人的事告诉了她。她说，小伟，你当我是三岁小孩吧，这个世界，哪会有外星人。

我说，世界之大，无奇不有。又说，我也觉得我姐有问题，我姐夫的事，对她打击太大，精神上受了刺激。我把我姐和姐夫离婚的事告诉了刘丹。她听到我姐夫孔铁军的名字，似乎不太相信。她说，孔铁军是你姐夫，不会吧？

我说，确切说，应该是前姐夫。

她说，我知道他，昨天还在电视里见过。他的公司和另一家房地产公司竞争龙城区那块地皮，据说地价被他们抬到天上，高得有些离谱了。小伟，若有空，你该多去看看你姐，没空，也得抽空去。

四

天气预报说，将有台风光临椰城。

我跑了趟超市，购买水果，打算去看姐姐。水果照例是芒果、火龙果之类的。我将装满水果的塑料袋搁茶几上，姐姐说，小伟，人来就好，还带什么东西。姐姐依然是一副憔悴的面孔，黑眼圈浓重。我说，正好顺路。

姐姐说，小伟，你声音怎么变了？

她盯着我看，像看一个陌生人。又走拢来，伸手，拿指尖捏我面骨。她说，到底是谁你？

我说，我是小伟。

姐姐交代我昂头，凝视我下巴的黑痣。似乎不放心，又用染了指甲油的长指甲抠黑痣，抠不脱。她说，小伟，真是你。昨天我梦到外星人敲门，没来得及开门，他就走了。我还以为你是外星人变的。

然后姐姐望着我笑，脸颊绯红。

我说，姐，剥个芒果你吃。

从塑料袋择出一枚最大的芒果，我蹲垃圾桶旁仔细剥皮，眼泪水禁不住流出来。我说，姐，多吃点芒果，你要去的星球，到时说不定没有芒果吃，也没有火龙果吃。

姐姐说，人类永远只能看到月球的一面，月球背面有什么，没人知道，指不定那里就生活着外星人，种植成片的芒果林。小伟，你不用担心我，茫茫宇宙，总有我的归处。

客厅飘浮芒果的浓香。我想我应该带姐姐上康宁医院（精神病院）找个医生，给她做检查，该吃药就得吃药，该治疗就得治疗。

姐姐又说，你知道第一个登上月球的人是谁么？

我知道是美国宇航员，但我没回答。

姐姐说，是阿姆斯特朗，很多年后，他说在月球上曾有城市或太空站，这些是不容置疑的，他们的太空船比我们的还优异，它们真的很大。

我不清楚姐姐从哪里找来这些信息。我没法相信她，也没法反驳她。

姐姐说，小伟，我跟孔铁军离婚，不单是他不忠于我们的婚姻，还有其他。他一天到晚疑神疑鬼，觉得我在外面找了男人，觉得有人想弄死他。不知他从哪里弄来一把手枪，夜里睡觉，手枪搁枕头底下，说是防身。我担心他哪天梦游，把我当成害他的人，一枪崩了，死得不明不白。

我说，姐姐，不能吧！

姐姐说，你不知道，有天半夜醒来，他握着枪，枪管对准我太阳窝，他说你告诉我，你是不是来害我的，你到底是谁派来的？他那样，我真没法跟他一起生活，成天诚惶诚恐，像行走在冰片上，随时担心冰碎，坠入寒冷彻骨的湖底。

又说，小伟，你说，我能跟他一起生活吗？这样生活又有什么意思？

姐姐似乎还想讲更多，但她安静了下来。注视姐姐凝滞的眼神，她眼瞳似泥丸，却藏着挥之不去的忧伤。我琢磨她讲的话，不知哪句是真、哪句是假。书房传来呲呲呲怪异的声音，循声走过去，有一架小型钢面机器，显示屏闪动红色电波。目测机器旁有一摞关于各国各地发现外星人的资料和史蒂芬·霍金的《时间简史》。姐姐随我身后，她说，它在向外太空发射信号，我相信，总有一天，那些生活在宇宙深处的人会了解我的需求，将我带走。

窗外黑云压城，风雨欲来。透过玻璃，我听到狂风愤怒的吼叫。

姐姐说，一会儿台风，一会儿雾霾，夏天旱灾，冬天雪灾，这地方已经不适合人类居住，小伟，要不，你跟我一起走，一起走吧！

凝望窗外，我说，姐姐，估计台风马上要来了。

五

台风来了，又走了。

伴随台风离开的，还有刘丹。有一阵，我打她电话，要么无人接听，要么关机。给她发信息，她也不回。好些天，我整个人心神不宁，焦躁不安。夜深人静时，我时常想起她凑我耳旁呵气，故意撩拨我的神情。甚至我希望她像个女巫，从黑暗中跳出来，龇牙啃我肩骨，咬得我遍体鳞伤，都行。

就在我心里将要放下刘丹，某个上午，她的电话来了，那边默语不言。我知道是她，却故意说，哪位？

她说，小伟，这么快把我忘了。像是鼓起巨大的勇气，她又说，前段时间家里出了事，大事，不想牵扯到你，心情也不好，便跟外界彻底断了联系。

刘丹的解释点燃我心中的火把。我说，啥事？

她说，不想跟你讲，家丑。

我说，刘丹，你拿我当外人。

她说，我弟赌钱，欠下高利贷，那帮人捉到我弟，要剁他手。

我说，解决了么？

她说，哪有那么容易。

心中的火把越烧越旺。我说，钱的事，那就不是事。我在银行上班，天天跟钱打交道，这事包我身上。

她说，到你家见面再说吧，可不是一点钱。

挂完电话，我意识到保票打得太早。坐柜台点钞，我接连出了几次错，不是钞票数多了一张，就是钞票数少了一张。我想早点见到刘丹。一下班，我似只春天发情的野兔，一路欢快地赶回家，等待母兔前来交配。

泡了杯咖啡，坐沙发榻等刘丹。她迟迟不来。

白天将要黑尽时，刘丹来了。我抱住她，拿脸贴她的脸。我脸是热的，她脸是冷的。她说，小伟，现在我没心情。我说，钱的事我来想办法。她说，一百多万，不是小数。我感觉到，我脸颊温度降了，变成冷脸。刘丹突然箍紧我，趴我肩头，呜呜呜哭起来。边哭边说，那帮人，那帮人什么事都，都干得出来，他们要剁，剁我弟手。我说，我来想办法，办法总是人想出来的，事情总会解决的。刘丹说，除非出现奇迹。我说，我姐曾经告诉我，只要相信存在奇迹，说不定它就会到来。

其实我也没多大办法，那笔钱不是小数。抱住刘丹时，我想了两套方案：一是找姐姐借钱；二是找银行"借"钱。若姐姐那搞不定，也就只能走第二条路。没人知道，我家里抽屉放了一堆关于银行劫案的新闻报道，这些都是我到银行工作后，平时收集的，当中有一则"第一国家银行劫案"至今是个谜团：1977年10月7日，位于芝加哥的第一国家银行（First Nation Bank）准点下班，一名银行工作人员将400万美元的现金放进钱箱，并且存进了银行的金库。金库有重兵把守，巨大的铁门本来也可以将一切坏人拒之门外。不过当银行职员再次打开钱箱时，钱没了，不过不是全没了，在清点后，银行发现其中的100万美元，也就是重达80磅的现金凭空消失。FBI在调查后发现，现场根本没有强行入侵的痕迹……

刘丹趴我肩头哭得一抖一抖。我说，别哭了，我有办法。我将两套方案告诉刘丹。她说，为什么不找你姐夫？

我说，孔铁军，我姐跟他离婚了，扯不上。

刘丹说，小伟，你爱我么？

我说，爱，当然爱。

刘丹说，爱不是挂嘴上的。

我说，我可以证明给你看。

刘丹说，真的？

我说，绝不掺水分。

刘丹说，有人想绑架孔铁军，但他疑心重，很难找到机会下手。

后背浸出一身冷汗。我说，这事我帮不上忙吧？！

刘丹说，小伟，你只负责想办法，约他出来，其他一概不管。那帮人说，办完事，我弟欠下的高利贷，可以一笔勾销。

我说，这事，我得想想。

刘丹说，他们只求财，不害命。

然后她把我箍得更紧了，嘴巴凑到我耳根呵气，很快我招架不住，依了她。但我没告诉她，孔铁军夜里睡觉，枕下会搁一把手枪。

六

我从报纸上看到新闻，孔铁军公司仍在和另两家房地产公司争夺龙城区地皮。大约他很忙，我在电话里跟他讲姐姐的事，请他抽空看姐姐，他迟疑两秒，但最终还是答应了。按照刘丹告诉我的那帮人的计划，孔铁军肯定没听到姐姐讲外星人带她走的故事，也没能看到那台向外太空发射信息的钢面机器。他在姐姐居住小区的地下车库，应该是刚泊好车，就被那伙人劫走，转到隐秘之地。

孔铁军失踪了。

坊间传言，有人说他被前妻用利斧砍死，也有人说他被绑架，生死未卜。那段时间，我似只热锅里焦躁的蚂蚁，隔一会儿便联系刘丹，问她，孔铁军呢？他怎么样了？什么时候放他回来？刘丹说，快了，放心。她有时接我电话，有时不接。我想，她大概烦我隔三差五找她打探消息。那段时间，我也明白了一个道理——等待总是漫长。

刘丹约我时，我猜事已尘埃落定。我和她端坐咖啡馆，她喝拿铁，我喝摩卡。她突然说，小伟，我觉得你像一个人，一个英国演员。

我说，谁？

刘丹说，憨豆。

又说，但你长得比他帅。

我清楚，她这不是夸我。我说，你也像一个人。

她说，谁？

我说，苍井空。

隔几秒她才反应过来，苍井空是日本AV女优。她将桌面纸巾揉成一团，砸我头。她说，我才不是苍井空，我是川岛芳子。转瞬间，她神情黯淡下来，压低声音说，小伟，有件事我得告诉你，孔铁军死了。

我心一沉。

僻静的咖啡馆没其他客人，男女店员无所事事站吧台玩手机。刘丹说，那帮人说必须让我俩上他们的船。

我说，我们本来就在一条船上。

她说，孔铁军的尸体，得由咱俩处理。

心又一沉。我想起美国导演科恩兄弟拍过一部电影《冰血暴》，嗜血的凶犯拿绞肉机处理尸体，但我没告诉刘丹。我说，那怎么办？

她说，都走到绝路了，这事由不得我们。小伟，我不该拖累你。

我说,别拿我当外人。

最终我俩商量好处理尸体的办法,半夜开车到椰城高速公路,找个偏僻路段,将尸体掩埋路边。天空挂一轮残月,我拿把铁锹,颤抖双手,挖出一道浅坑,将包裹尸体的拖箱埋入坑内,再盖烂泥遮挡。做好一切,我发现自己不单手抖,腿也在抖。返程路上,是刘丹开车,她倒显得比我冷静。那天夜里,我和刘丹仿佛把灵魂交给了魔鬼,在床上、地板上、马桶上,疯狂做爱。我以为从此以后,这件事会把我和刘丹捆住,一起终老。

我想错了。

不久,刘丹在我生活中彻底消失,电话先是关机,后是停机。我再也联系不上她。偶尔,我会想起她,想她到底有没有嗜赌的弟弟,想孔铁军的死,是否跟他争夺的那块地皮有关。我也会想姐姐,她的等待、她的希望。

后来我患上强迫症,每个星期,我会夜间开那辆黑色汉兰达,满城转悠,再转入高速,将车停泊在埋尸地段。路上到处都是风,眼前一团漆黑,我从裤兜掏出红双喜烟盒,抽出一支,点燃,猛吸。然后再点一支。待两支烟吸完,我驾车离开,一路将车驶向更深沉的黑夜。

绿 萝

从公司到荒僻的书店，走路大约八分钟。隔一天或两天，古阳忙完手头的活，便忙里偷闲，溜出公司，躲书店闲逛。

逛书店，不一定是买书，就是纯逛。偶尔，古阳也会购一本，大多是侦探小说，作者要么是松本清张，要么是阿加莎·克里斯蒂。逛完书店，他再到书店对面的咖啡馆，点一杯原味拿铁或者风味摩卡，啥事也不干，枯坐半小时，美其名曰——虚度光阴。有时他会顺手翻开从书店购来的侦探小说，读个十几二十页，喝干热咖啡，再回办公室，继续枯燥、单调而乏味的工作。

这一天，咖啡馆室内荒寂，仅有零星三两个人。一个鼻翼长满雀斑的女孩盯着苹果笔记本看美剧。另一个也是女孩，胖得有些夸张。古阳潦草地瞄了胖女孩一眼，想到西丽动物园四肢壮实的河马。河马女孩紧缩脖子，低头，眼睛不眨地瞅手机蓝光屏幕，估计正忙着刷微信朋友圈。

　　古阳坐角落靠窗的位置，旁边站一盆半人高的阔叶植物。

　　每次来咖啡馆，他都选择坐角落。天气晴朗时，抬头，就能看到绸带似的蓝天。他禁不住想，若是夜里，他仰望的夜空，大概是满天星斗，群星闪耀。手捧松本清张的《富士山禁恋》，目光凝视书面的铅字，却一个字也看不进去。透过玻璃窗，他发现眼前不知名的大树枝叶吐出绿芽。指腹敲击咖啡桌棕色桌面，绿芽告诉他——春天要来了。

　　古阳对面位置是空的，空得冷冷清清。

　　那是小孟的"座位"。

　　两年前的春天和今年的春天，季节没变，如今却物是人非。书上的铅字组合成小孟忧郁的脸。那张脸不年轻也不算老、不漂亮也不算丑。古阳搞不懂，为何小孟要走，走也就罢了，却瞒着他，把离开的消息封锁得滴水不漏。

　　"小孟要离职了。"办公室小张欲言又止地告诉古阳，又说，"保密，一定要保密。"公司同事间暗地里已传开，财务部小孟要走。古阳怀疑自己最后一个听闻此消息。这不正常，小孟离职，居然没告诉他。

　　古阳有点想不通。

目光注视办公桌摆放的绿萝，叶片绿得发亮，从早上想到中午，他始终没想通。下午，他便坐到咖啡馆，点了杯风味摩卡，喝着咖啡继续想，究竟是哪个地方不对劲，怎么把小孟给得罪了。前前后后想了一遍，又一遍，那次他没去赴约，不是他一个人打退堂鼓，小孟也临时乱了阵脚，偃旗息鼓。即便他和小孟之间没有誓约，他也没做任何对不起小孟的事，跟小孟更谈不上深仇大恨。

凝视手机屏幕，古阳点开微信，给小孟发信息，告诉她，他在老地方等她。热咖啡已转冷，他喝了一口，又一口。目光扫视雀斑女孩，她仍全情投入欣赏美剧。视线又转向玩手机的河马女孩，她已放下黑色苹果手机，正用指尖狠抠额头的粉刺。

两分钟过去，小孟没回微信。古阳发出的信息石沉大海，他怀疑是不是哪里弄错了，信息发给了其他人，或者室内闭塞网络信号短路，小孟没能及时收到。

他将同样的内容，重新发送了一次。

大约十分钟后，终于，古阳收到小孟回信。她惜墨如金，就一个字——忙。潜台词显而易见，来不了。古阳感觉心跳迅速地快起来，平静流动的血液也开始在血管内奔腾。他搞不明白，究竟哪里做错了。他需要一个解释，小孟却借口不来，不给他答案。

手机响起刺耳的铃声。

那一刻，古阳脑壳一阵恍惚，希望电话是小孟打来的，瞟一眼号码，却是老板办公室座机。他不想接，咂嘴，抿了两口咖啡。铃声锲而不舍地响。那五秒钟，他想了很多，关于小孟，关于他和小孟若即若离的关系。

到底是饭碗重要，古阳摁下接听键。老板找他修改一份材料。返回公司，古阳刻意绕一圈，途经财务部。小孟手握从香港迪士尼乐园购来的水杯的底座，跟另两位女同事闲聊，有说有笑，聊得风生水起。

从财务部到办公室，古阳走的那段路，仿佛是走在飘雪的寒冬。他就是那个走在寒冬里的夜行人。她们的笑声变成呼啸的北风，似刀子，割得他脸上肉痛、身上骨痛。

曾经有段时间，古阳经常失眠。半夜醒来后，他再也睡不着，眼睛梭巡满屋子的黑暗，耳朵听妻子和孩子匀称的呼吸声，翻身起床。

起床后，他不知道该干什么，便躲进书房，随便从书柜抽出一本侦探小说，打发时间。待困意上来，他返回卧房，躺床上他睡的位置。蒙蒙眬眬快睡着时，耳畔传来甜腻的声音——爸爸，冲奶。是孩子醒了，要喝奶。他赶紧起床，迅速冲好奶，将奶瓶递给孩子。若是晚一步，卧房则会响起尖利的哭声。一般情况下，他能拿捏好时间，防止孩子情绪爆炸。冲完奶，他再眯一小会儿，天就亮了。

后来古阳总结过，他的生活是从夜里十点开始，十点至十二点，那段时间才真正属于他。十点钟，孩子睡了，他可以干点自己的事，譬如读一本喜欢的书，或者在爱奇艺网站看一部中意的电影。到十二点，他得上床睡觉，他实在不爱熬夜，活到三十出头，现在也没什么值得让他熬夜干的事。

有时候，他觉得自己是个自律到乏味的人。

清早六点，闹钟一响，他准点起床，换上运动装，到楼下小区跑步，半小时后上楼洗漱、冲凉。再去上班。上班那点破事不值一提，无非是写材料、改材料，替老板拟个讲话稿、工作总结。一天工作结束，白天就这么平平淡淡过去。下班后，他要陪孩子，给孩子讲绘本，或编个适合少儿聆听的小故事；偶尔他也会给孩子洗澡，再拿吹风机，插上电源，吹干孩子柔软的黑发……这些事，他都喜欢做，做得心甘情愿。

……

春天的夜晚，因失眠他又爬了起来。这次他没去书房，而是拉开滑道门，踱步到阳台。他点了根烟，在藤条椅上坐下。抽了两口，他昂头望黢黑的夜空，这会儿小孟睡了吗？他狠吸了几口好日子牌香烟，烟头的星火在黑暗中闪烁。他突然想给小孟打个电话，扭头，眼睛紧张而热切地在黑乎乎的客厅寻找手机。他猛地意识到，两年来，他和小孟很少电话联系，基本上都是微信来、微信去。

摁灭烟头，他又点燃一支香烟，放弃了给小孟打电话的念头。他回想了一遍过往的生活，好些年，他的日子就是围绕着工作、家庭，两点一线，一路这么过来的，日复一日，年复一年，一成不变。初来深圳，他和妻子首要目标是为事业打基础，购房，然后是买车，再是结婚生子。偶尔，他会把自己当成一列上了发条的托马斯玩具火车，铆足劲在轨道上奔驰。再怎么跑，也还是走同样的圈、同样的路。有时他想跳出既定的轨道，像个孩子那样，来一场恶作剧，跑到别的轨道上去，欣赏另外的风景。对他而言，小孟大概就是另外的风景。

又一支香烟抽完，他站起身，扬手拍睡裤上的烟灰，呵着哈欠返回卧房。

公司附近的书店和咖啡馆，是古阳某天中午，吃完午饭闲逛时发现的。当时他很是惊讶，在这遍地洗浴桑拿的地方，居然有人逆势而行，开书店。他似行走沙漠的旅人，身骑骆驼，在一片驼铃声中，发现了渴望已久的绿洲。工作之余，他时不时跑到书店和咖啡馆，逛一逛，坐一坐。

两年前的春天，他记得那天是礼拜三，忙完手头的活，他走去书店，买了一本松本清张的《砂器》。再移步咖啡馆，点了杯原味拿铁，他刚在靠窗角落的位置坐下，发现两米开外的地方，有个熟悉的身影端坐那里。再看，是公司财务部小孟。

古阳的目光与小孟的目光相遇。

两人都有些意外，仿佛背着母亲做错事的少年，目光羞怯，躲躲闪闪。视线又聚集到一起时，两人似乎看透对方，相互会心一笑。小孟把咖啡杯移到古阳对座，人也坐到古阳对面。她喝的卡布奇诺。

小孟说，你也在这。

古阳说，咖啡馆的大门对你是敞开的，对我也是敞开的。我来放松放松。

小孟说，放松？

古阳说，每个人放松的方式不一样，有人喜欢摸麻将，有人喜欢去水疗会所按摩或浴足，我就喜欢一个人安静地坐下来，喝一杯咖啡，或者翻几页书。

小孟说，古阳，你这是诗人的放松方式。

又说，我擅自跟你凑一桌，不会打搅你吧！

古阳脸一热，多少年，他的脸未曾如此滚烫过。这种情绪属于少年，而他已青春不再。幸好小孟目光戳向别处,没注意他烙铁般的热脸。他说,哪里是打搅,幸会、幸会。又说,你也是来放松的?

小孟眉头舒展开,嘴角扬起来,逗笑说,我可是来按摩的。

古阳一本正经接过她的话,表情十二分的认真,他说,给灵魂?!他脱口而出的词语——灵魂,一下把他们两个人都惊呆了。

小孟说,是的,我来给灵魂按个摩。

……

离开时,咖啡杯里的咖啡早就喝干净了,俩人都显得意犹未尽,又不敢明地里把纸捅破。他们捡起桌面的手机,看上去漫不经心,却异口同声地说,来,加个微信吧!

彼此加了对方微信。

古阳再去喝咖啡时,就会提前约小孟,给她发条微信——走,按摩去。信息刚发过去,小孟就回了话,好,走吧。若是忙,她会说,你先去,手头有活,我随后到。古阳感觉小孟的手随时摆手机旁边,眼睛时时刻刻瞅着手机屏幕,等待他的邀约。

春天过去,夏天到来。夏天过去,秋天到来。

时间轮转到晚秋,他们照例约一起喝咖啡,古阳先一步到咖啡馆,待小孟出现时,手头拎了只纸盒。拢近后,她把纸盒搁桌面,轻推给古阳。她说,送你的。

伸手,古阳打算拆开纸盒。小孟说,等回办公室再拆吧。古阳伸出的手,烫到似的缩回去。喝完咖啡,他拎纸盒先走。他们像夜间偷食的田鼠,总是小心翼翼,走路左顾右盼,一前一后返回公司。

在办公室桌台启开纸盒。盒内装的是一盆绿萝,圆形的透明玻璃罐蓄满水,叶片碧绿,每一片叶子似乎都精心拭擦过,不染尘埃。

满目绿意令古阳感到温暖。他徜徉在某种不可名状的情绪里,收到小孟发来的微信——绿萝,又称"生命之花",它生命力顽强,遇水即活。它也非常容易满足,就是喝口水,也觉得自己很幸福。

古阳凝视透明玻璃罐和簇拥的绿叶,又看手机上的文字。他思忖小孟的潜台词是什么,或许是他想多了,小孟根本没有深一层的含义,山就是山,水就是水。他点开百度网页,搜索"绿萝",了解到更多关于绿萝的信息,它的花语是——守望幸福。

那个瞬间,古阳感觉自己变回一个少年,走在风中的少年。过后他想起小孟忧心忡忡的面孔,令人怜惜的面孔,心又沉下来。

除开喝咖啡，古阳有时也会约小孟看电影。

古阳暗自计算过，两年时间，他和小孟约一起，喝过无数杯咖啡，看过起码十部以上电影，有张艺谋导演的、冯小刚导演的，也有《速度与激情》《变形金刚》等好莱坞大片。他俩的关系，属于牵手关系，即看电影时，一只干燥的手会牵起另一只温润的手。仅此而已。关系也不是没有更进一步，更上一层楼。

那次业务饭局是在夏天。公司急需一笔贷款，请来银行信贷部门负责人，古阳和小孟也参与了饭局，陪酒。对方酒量没底，古阳他们一帮人喝得面红耳热，先后有两人喝高，跑到洗手间，抱着马桶吐得翻江倒海。那两位同事算是"阵亡"了。

小孟是女士，喝得少，主要为他们做服务工作，斟酒、夹菜。古阳也喝得八九不离十，头昏沉沉的，臂上的手像是长别人身上，不听他使唤。他接连打了两个酒嗝，胃袋里酒液和食物直往上涌。他意识到，再喝，也要呕了。公司老板冲他递眼色，战友倒了，他得冲锋陷阵，当陪酒先锋。他佯装没看见。老板继续眨眼传话。他不能再装傻，再装，下一步竞聘提拔，估计他就没戏了。

古阳只好硬着头皮上。

他端起酒杯，酒杯空了。小孟拿起酒盅，给他倒酒，斟了满杯。他心里嘀咕,小孟这人是傻,还是太实在?待他端起酒杯敬酒,把杯中酒喝见底,才闹明白,他错怪了小孟。小孟给他杯里添的是矿泉水。

酒盅的矿泉水干完时,银行一帮人也已喝到位。饭局散了,他们各回各家,同事先后离开,剩下古阳和小孟两人。古阳注意到酷热的夏天,小孟反常地穿着长衣长裤。他说,小孟,你真不怕热。

小孟掀起衣袖,手臂上是青一块紫一块的淤痕。古阳愣了两秒,脑壳里闪过电视剧、电影里的暴力画面。他想把猜到的事讲出来,话到喉头,又咽下去。讲出口的,是另一句话,他说,今晚夜色真好,咱俩别回家了。

截下一辆的士,古阳和小孟坐后排座位。古阳说,师傅,去蓝天酒店。小孟沉默,瞟了一眼夜空下的街灯,目光像长了翅膀,越飞越远,眼眸里留下的尽是空茫。的士走了一阵,快到酒店,小孟说,古阳,下次吧,下次!

古阳没答话。

小孟说,我还没做好准备。

古阳对的士师傅报了小孟居住的小区。送走小孟,他再回自己家。

……

后来他们坐在咖啡馆,聊起这个节制的夜晚。小孟说，古阳，那天你是不是喝多了?

古阳说，有你照顾我，怎么可能喝多!

小孟说，我怕你是讲的酒话，没想清楚，走上歪路。

古阳清楚小孟指的是什么。他说，小孟，那天我比谁都清醒。只要是跟你一起走，不管是歪路、邪路，或是正路，我都愿意走，天长地久地走下去。

窗外烈日当空，深圳气温罕见的高，超过40摄氏度。古阳从头到脚打量眼前的小孟，她又是一身长衣长裤。她的穿衣打扮，在这酷热的夏天，显得怪异，不合时宜。他又想起那个夜晚，目睹小孟臂上的伤痕，心里更加怜惜起她。

他一个字也没提小孟身上的伤，而是说，要不，咱俩再约一次。

他们又约了一次，地点依旧是蓝天酒店。

日盼夜盼，古阳期待约定时间早些到来。好几天坐卧不安，似椅子上长了钉子，屁眼生了痔疮。那一天真到了，古阳又犹豫起来。

天擦黑，路上灯火闪亮，前往酒店的路上，古阳回忆起大学毕业后，跟女友也就是现在的妻子一起前来深圳打拼，相扶相携一路辛苦走来，有欢喜有忧愁，有希望有绝望，眼下日子正一天一天好起来，步入正轨。他又觉得生活缺了点什么，一直追求的目标，似乎不是他想要的。

车开到蓝天酒店门口。夜更黑了。

古阳没把车开进酒店，而是停在门口。深呼吸，舒了一口气，他想起当年跟女友去罗湖区民政局拿结婚证，那时他们没房没车，一无所有。拿证后，他和女友欢天喜地，一起去吃了顿重庆孔亮火锅。那时他们很满足。他还想起妻子第一次怀孕，两人为了各自事业，权衡再三，决定没要第一个孩子，深夜两人抱头痛哭……

掉转车头，古阳将车驶向回家的路。

改了主意，他想该如何跟小孟解释。左右为难时，小孟的电话打过来，她吞吞吐吐说，小孩发烧，一时半会儿出不了门。

古阳说，那改天吧！

他重重地吐了口气，如释重负。他不知道小孟的孩子是不是真发烧了。但无论是发烧，或是没发烧，对他来说，这些已不重要。

事后，他们默契地封口，再也不提上酒店的事。

走前同事聚餐应算是离职流程的一环。

古阳没接到小孟邀请，他从另一位同事的微信朋友圈目睹了聚餐照片，还配了一段充满离愁别绪伤感的文字。心脏抽搐两下，他感到莫名的痛，想到小孟大热天穿长衣遮挡身体的淤伤，也许小孟有她的难处，他不该计较。

小孟离开公司那天，古阳坐立不安，他等着小孟发信息，告诉他——她要走了。等了一上午，小孟没任何消息。他想约她一起去咖啡馆。下午上班后，他发了条微信——走，按摩去。

等了五分钟，十分钟，半小时，一小时。整个下午过去，下班时间到了，古阳等来的是竹篮打水——一场空。小孟是手机从不离手的人，不存在没看到信息。唯一的可能是，小孟故意的，她想冷落他。

小孟走了，悄无声息走了。

又一天，古阳到财务部办事，替代小孟工作的同事没到位，卡座办公台蒙了层细尘。他想起跟小孟在咖啡馆初遇的那个春天，及小孟讲过的话——我来给灵魂按个摩。恍惚中，他感觉小孟又回来了，站他身旁，蹙眉，忧心忡忡地望他。

古阳请了三天假，抛下工作，抛下妻儿，返回湖南老家。来深圳工作已有十年，他从没如此任性，请假，回家，没任何事，就是回家看看，看父母。他也想给灵魂按个摩。

父母见到古阳时，很是惊讶。父亲说，这不年不节的，怎么跑回来了，也不提前打招呼。母亲说，是不是两口子吵架，闹了别扭？古阳望了一眼母亲，又望了一眼父亲，父母又老了一圈，鬓角灰白，人似乎也瘦了、变干了。他说，就是想家，想你们，回来瞧一瞧，哪有那么多事。母亲狐疑地说，真没事?！没事，没事就好！

在老家那几天，古阳行走在从小长大的县城，目光所及之处，四处都在起高楼、建房子。记忆中的县城没了，他一圈一圈地逛，想把那陌生感消除，再怎么寻找，也找不回从前熟悉的县城。其他时间，他陪伴父母身边，他们越来越老，也越来越啰嗦，不停地交代古阳，回深圳好好工作，好好过日子，好好带孩子，开车时慢一点，一定要注意身体、注意安全……父母的话让古阳想起上大学离家前夜，他们也是如此语重心长，似把他的心脏搁暖炉旁，他感到无限温暖。

古阳的房间仍是离家时的模样，连书柜、年历画摆放的位置都不曾改变，泛黄的两面墙壁，一边贴着年轻时的刘德华，一边贴着二十多年前的玉女梁咏琪。他从抽屉找出相册，翻看过去的照片，那时的父母正当壮年，一家三口拍的合影，他噘着嘴，眉头紧锁，一脸的不高兴。他想不起当时为何生气。从床底拉出一只箱子，箱皮积满灰尘，他拿抹布擦干净，启开箱子，里头有他年少时收藏的邮票、古币。他看到一本诗集和弹弓，眼睛亮了一下，像眼眸里燃放起烟火。

诗集是油印的,封皮上是醒目的四个黑体字——《不负光阴》。

高中时,他是个校园诗人,那时他爱读《茶花女》《复活》《基督山伯爵》《悲惨世界》,也爱读《平凡的世界》《穆斯林的葬礼》……他翻开诗集,读过去稚嫩的诗句,他计划返回深圳后提起笔,继续写诗,不辜负时光。

再早一点,上初中时,他喜欢手握弹弓,黄昏时走进密林打鸟,歇树枝头的麻雀、白头翁、野鸽子。他捡起弹弓,将皮筋拉长,做了个射击的动作。他想黄昏时,手持弹弓,赴密林打鸟。第二天,他寻了半天,也没寻到能打鸟的密林,鸟更是罕见。

鸟没打成。

古阳又续了两天事假。本想再多待两日,接到公司人力资源部电话,催他早点回公司,参加公开竞聘。又磨了一晚,他便收拾行李,临行前他第一次拥抱了父亲,拥抱了母亲。他闻到父母身上衰老的味道。他不再想诗歌,也不再想打鸟的事,匆忙赶回深圳。

湖南老家的三月春寒料峭,而深圳的三月已是春满人间。从老家回来,古阳开始上班,准备竞聘报告。他想若是竞聘成功,薪水又能涨不少。他计划每个月给父母银行卡转点钱，尽管他们舍不得吃、舍不得穿，他也要交代他们吃好喝好，安享晚年。

　　离开这些天，办公室没开窗透气，进门，古阳闻到有股湿气、霉味，瞅了一眼摆放电脑旁的绿萝，有片叶子泛黄，在一簇绿叶中显得特别突兀。伸出右手，他去摘那片黄叶，手悬半空，停住。他暗想，这盆绿萝究竟是自己留着，还是他日找个机会，送还给它真正的主人。

海钓者

宿醉醒来,费天鸣眯眼望窗外,飘摇的木棉树弃儿般在冷风中瑟瑟发抖。鼻窦炎又犯了,他感到鼻塞。视线移至梳妆台,橡树木纹台面一堆蓝白相间的保健品塑料瓶,深海鱼油胶囊、鱼肝油、维生素片,当中隐匿一瓶药,费天鸣从来就不曾注意过,就像他一直漠视的少数人和事。

早餐是小米粥、玉米棒、紫薯等粗粮,妻子苏悦严格遵照减肥医师的食谱做的,做得无可挑剔。费天鸣知道苏悦患了厌食症,他还知道她想瘦成薄薄的骨头架子。

客厅,苏悦正练瑜伽,两条腿劈成了一字。屋外响起一声炸雷。苏悦说,你怎么不接我电话,昨天,晚上?

费天鸣说,陪客户。

苏悦说,男客户还是女客户?

费天鸣说,你希望是男客户还是女客户?

苏悦把目光转向费天鸣,从头到脚盯着费天鸣看。她说，你希望呢?

费天鸣似怒狮，低吼，能让我安静吃个早餐吗！他想起一些事，神情沮丧，仿佛被医院下达了死亡通知。苏悦没察觉到他情绪的变化，换了个姿势，尾椎抵住天蓝色瑜伽球。

两年前，他们的女儿费一菲去了墨尔本留学。苏悦闲得发慌，开始热衷于做两件事，一是减肥，二是查阅费天鸣手机，查他打进打出的电话号码和收发的短信记录。

我瘦了么？苏悦像是问自己，又像是问费天鸣。

冷漠地扫视苏悦的双下巴、腰间的赘肉、粗了不止一圈的臀围，费天鸣说，我先去洗澡！

腾地站起身，苏悦说，我问你，我瘦了没？

费天鸣说，大概是瘦了。

苏悦苍白的脸瞬间黯淡下来，打算说什么，她欲言又止。

费天鸣扔了丝质睡衣、睡裤，往洗手间走。苏悦就去找费天鸣的三星智能手机，看能不能寻出点蛛丝马迹。浴室传来哗哗水声，苏悦将手机握在蒙了一层汗液的掌心，依靠浴室门边。她说，有短信。

其实没有。

水声止住。一只湿漉漉厚实的手掌伸出门外，掌心沾满白色浓稠的肥皂泡。费天鸣说，递给我。

苏悦说，看你紧张的。

又说，逗你玩，没短信。

手缩了回去。水声又响起。这时手机屏幕闪出一抹冷幽的蓝光，真来了条短信。苏悦纤细的手抖了两下，不安地瞅短信落款。她说，短信来了。目视另一条短信，她的脸变得通红。成人以来，她的脸不曾如此红过。

水声继续响，费天鸣没搭理苏悦。

苏悦说，唐甜甜是谁？

又怒号，费天鸣，你他妈到底有多少事瞒我？上次你搞大那个唐山女孩肚子，跪在老子面前扇自己耳光，还赌咒发誓，你真该遭天打雷劈！

门猛地开了，费天鸣裸身站着，胯部全是白色肥皂泡。他说，发什么神经你！

又说，谁他妈是唐甜甜，发错了，狗日的把短信发我这里来了。

苏悦说，费天鸣，你现在扯谎面不改色心不跳。

费天鸣说，不信你把电话拨过去，看是谁，问问那个人。

苏悦真把电话拨了过去，响了一声，立马又掐了。她担心若真是个女人，接下来不好收场。看着费天鸣理直气壮的模样，苏悦将手机扔给费天鸣，号哭起来。

手机铃声不合时宜地响起。

苏悦哽咽说，小妖精等不及，电话追过来了。

费天鸣瞅着手机看，没接。

苏悦说，你接呀，当着我的面，你倒是接呀？！

费天鸣说，是菲菲。他滑动手指，接听。苏悦继续低号。

女儿费一菲听到了母亲苏悦的哭声。她说，爸，你跟妈又吵架了？

费天鸣默语不言。

女儿转移了话题，她说，爸，生活费该打给我了，这次能不能再加点？夏天到了，我得买换季的新衣。

电话那端传来怪异、暧昧的声响。费天鸣说，菲菲，你在哪里？

女儿说，卧室。

费天鸣说，那边是什么声音？

女儿说，iPad播视频。

费天鸣还是感到不对劲，大约猜到那边干的事。他希望不是个彪悍的鬼佬。他说，有空多关心关心你妈，多给你妈打打电话。话未落音，那边说，你比我妈还啰嗦。然后挂了电话。费天鸣听到男人的声音和粗重的喘息。他怔住了。看见苏悦嘴巴在动,稍后他听到苏悦小心翼翼的声音,你真不认识唐甜甜?!

费天鸣说,有空你管好你女儿,别到时又闹得去堕胎。你看看她,才多大,十九岁,不是要钱,哪会想到给家里电话。

苏悦说,那还不是因为你,有样学样。低头看赤裸的身体,费天鸣转身,冲水,伸手够了条浴巾,拭擦身上冷冰冰的水珠。盯着费天鸣的后脑勺看,苏悦瓮声瓮气说,你,你真不认识唐甜甜?

费天鸣没回头,他将浴巾重重地砸马桶盖上。

浴巾似一道闪电。

那条恐吓短信和那把沾血的匕首,费天鸣认定跟唐甜甜有关。不是唐甜甜干的,就是她失业的男友干的。小鸡不撒尿,各有各的道,地下钱庄和生意场上的对手,不会这么干。

地下钱庄的催款电话打过来,总是没完没了,费天鸣懒得再接电话,任由手机响个不停。半个月前,费天鸣跨出澳门威尼斯人赌场,仰望铅灰色的天空,就有了不祥的预感,有些事迟早会发生。他多年的奋斗将大大缩水,甚至化为乌有。

费天鸣嗜赌。

他沾上赌，全因那帮生意伙伴。或者还有别的，站在高处的空虚与孤独。他的赌局越玩越大，输了，变卖产业、股权。他的生意在被伙伴们蚕食。有时他觉得自己跌入了某个陷阱，成了迷阵里的困兽。

费天鸣想独处。独处的最好方式是——海钓。他驱车去了海边。

船在晃。

费天鸣也在晃。海钓船驶入海藻区，费天鸣停船，抛锚，取出海钓竿，上饵。下了钩，费天鸣撑开天蓝色太阳伞挡雨，枯坐钓船栅栏边，似一尊雕塑。他闻到了海水古怪的腥味，带有生殖、孕育生命的气息。很快，鱼上钩了，石斑鱼、黄鱼、海鳗。费天鸣觉得自己也是一条上了钩的海鱼，任人摆布、宰割。

手机又亢奋地响起。

这些天，手机时时刻刻响个不停，似打了鸡血。他瞥了一眼，不接。想到那笔巨大的债务和夜间的饭局，费天鸣伸手收鱼线，起身收拾渔具，驱船返回海岸。

最后期限仅剩两天。

那些称得上是朋友的人，躲瘟疫似的躲着费天鸣。拨完一圈电话，这个说忙，那个讲有事，只有一个人答应前来参加饭局。

费天鸣琢磨，得抓住这根救命稻草。这根稻草，左等不来，右等不来，晚了将近一小时，才到。对方说，天气不好，来晚了！语气没一丁点歉意。

费天鸣说，来了就好。又冲门边窄额头的川籍女服务员说，赶紧上菜！

他们开始喝酒，大多是费天鸣海饮，对方只是浅酌。

再喝就高了！费天鸣说。

但不得不喝。理由简单，费天鸣要找对方借钱，一笔大钱。仰头，他又干尽一杯酒。一道细密的火焰沿着食道钻入胃袋，灼痛。打完两个酒嗝，他闻到一股怪异的气味，似腐烂的濑尿虾。盯看对方油光直冒的额头，他说，老弟，这次你得帮帮我！

对方舔了两口杯中酒，放下酒杯，傲慢的中指指尖有节奏地敲击桌面玻璃。他说，犯胃病，我就不陪你干了，天哥你，你也少喝点！

费天鸣再次举起酒杯，瞅着对面的透明玻璃酒杯看，那杯酒还剩大半。他想了一些别的事，那笔债务、拖欠员工的工资和节奏频密的催款电话，眉头紧蹙，又一抬手，将酒杯喝得底朝天。他说，我干了，你随意。他感觉血管内奔腾着一头饿狼，就快冲出。

对方用大拇指、食指的指腹推了下玻璃酒杯，酒杯往前走了一厘米。他说，现今这世道，大家都不好过。手又指向闪蓝光的三星智能手机屏幕，他说，夜里有台风，老婆在催了，得早点走我。

他在婉拒。

他的拒绝里带有某种轻视和落井下石的恶意。

费天鸣感到一丝沮丧。他用猩红的眼睛怒视对面米白色的墙面，心里骂，你妈×，你忘了2008年金融危机，是谁帮你渡过难关。

对方扭头，望窗外的雨雾，风在咆哮，他扬起眉角，狡黠地笑。他说，天哥，你心里在骂我吧？骂得对，我日子也不好过！

费天鸣说，骂你……他听到从喉管中喷出带有火焰的声音在打抖。沉默片刻，又说，走吧，走吧你！

对方说，我来埋单。

费天鸣说，不用。

对方没跟费天鸣客气，又露出一个古怪的笑容。站起身，他说，天哥，那我先走，有事尽管打电话。然后他头也不回地走了。费天鸣将面前两只菜盘子掀落瓷砖地面上，砰砰响。他故意摔给离开的白眼狼听。猛地他想起一件事，怀疑那帮做LED产品的朋友，是在联合起来对付他。他倒了，那帮人从此会少一个最强有力的竞争对手。

费天鸣走进淅淅沥沥的雨中，驼色手提包内有伞，他不想取出来。他就想淋一场透雨，像年幼时那样，畅快地在雨中奔跑，任由雨滴击打脸颊、身体。但费天鸣没迈开腿狂奔，他在雨中慢走，蜗行。

街灯照着落寞的费天鸣，迎面一对撑伞肉身紧贴的男女朝他走来。男女脸上挂满善意的笑，费天鸣以为他们认出了他，少壮派企业家。擦肩而过时，费天鸣听到背后那男的讲粗口，一傻×，不打伞。

临时改变主意，费天鸣决定先去找唐甜甜。他需要一次放逐。

唐甜甜在公寓等他。

费天鸣雨人般出现在唐甜甜面前。唐甜甜漠不关心。她跟平常不太一样，脸上失去血色，锁着眉。看上去唐甜甜的心情似乎比费天鸣好不了多少。

他们做爱时，费天鸣粗鲁、莽撞，似魔鬼附体。唐甜甜听到隔壁传来争吵声，墙那边的女人哭得很伤心。她想到自己的处境，兴致全无。

唐甜甜说，你听，隔壁有人哭？

费天鸣似一头猎食中的饿兽，不愿停下。

唐甜甜又说，听到哭声没你？

费天鸣勉强收住，盯着她说，你管得真宽！

唐甜甜不爽，屁股往后腾，夹紧双腿，歪到床边靠墙的位置。她说，没意思，一点意思都没有！

费天鸣说，到底什么意思你？他从床头驼色手提包摸出那把带血的匕首，递给唐甜甜。

唐甜甜愣住了。她说，想干吗你？

费天鸣说，我想干吗，你比我更清楚。

唐甜甜说，你想让我自杀，还是杀了你？

又说，我没那么傻。

费天鸣猜测唐甜甜完全不知情。他想继续床上运动，见手握匕首的唐甜甜满脸怒气，他泄了气，取下安全套，瞄两眼，丢床脚边黑色垃圾袋内。他从烟盒抖出一支香烟，点燃，身体舒服地靠在床头抽起来。

近处传来雨滴敲击窗玻璃的声音，费天鸣想起不停催他还款的地下钱庄，掐灭烟头。伸手，抓起烟盒，又重新点燃一支香烟。他后悔不该去澳门，这些年他是新葡京、威尼斯人、新濠天地的常客，玩遍了百家乐、轮盘、梭哈等博彩游戏。早知今日，他就应该把赌给戒了。忆起最后那场输大了的赌局，他的脏器感到了刺骨的冷和失去阳光的阴寒。

踮起脚尖，唐甜甜跨过费天鸣的身体，赤脚跳下床。瓷砖地面冰凉。她站床尾穿棉质底裤、背手扣好文胸搭扣,套上宝蓝色连身迷你裙。

费天鸣搁床头的手机接连响起短信铃声,是私家侦探社的工作人员发来的几条彩信,照片里的那帮人,那些昔日称朋友的人,台风夜聚集在休闲会所洗桑拿,当中还有跟他吃饭谎称回家的"白眼狼"。费天鸣证实了他的猜测,全身渗出密实的冷汗。猛抽了两口香烟,他说,等会儿我得走。他顺手将烟蒂掐灭在床头柜的茶色烟灰缸内,用手背搓揉眼窝。酒精开始在他五脏挥发,他感到累、困,脑壳在缓慢地裂开。

唐甜甜目视墙上的挂钟,时针、分针指向21:48,她说,现在你要是走了,以后别再来。

费天鸣说,又讲气话,这些话你讲过不下一万次。

唐甜甜说,这次是真的。

费天鸣没在意,伸手够到潮湿的衬衣、长裤,套上身。面对穿衣镜,他上下扫视,摘掉一根黏在肩头的栗色长发。然后,他又仔细地检查了一遍衣着。

费天鸣准备离开。

唐甜甜冷眼盯着费天鸣看。她说,我想结婚了!

费天鸣思忖着唐甜甜的话,说,你男朋友是什么意思?

唐甜甜说,只要我愿意,他不是问题!

费天鸣说，我不是谈这个。他瞄了一眼蓝白条纹床单上的匕首，又说，算了，想结婚，那你们就结。他将匕首、香烟、打火机塞进驼色手提包，往客厅走。唐甜甜操起烟灰缸，怒摔在地板上，烟蒂、烟灰纷纷扬扬，地上散落一片碎渣。费天鸣仍没回头。

唐甜甜说，走吧，走了别再回来。又说，我跟了你几年？三年了吧，青春损失费，这笔账我们得算清楚！

拉开门，费天鸣胳肢窝夹紧手提包，走了。

黢黑的夜风雨交加。

费天鸣和苏悦依靠床头。卧房静得可怕，他们听得见彼此的心跳。苏悦说，喝杯咖啡吧？

费天鸣不想喝，但他说，喝吧，咱们好好聊聊。他没打算告诉苏悦在澳门欠一屁股赌债的事。他想告诉苏悦其他的，比如这些年她胖了，但胖了好，富态，那是生活在她身上留下的痕迹。其实她不需要减肥。他还想告诉苏悦，他内心深处最爱的人，是她和女儿费一菲。

咖啡豆在哪里？还是喝速溶咖啡吧！苏悦小声嘀咕，扬手摁了两下硬邦邦的额头，她没起身。费天鸣昂起头，瞥了一眼头顶的水晶灯，也没动身。

费天鸣说，不知道菲菲现在在干什么？他想起美国

AV影片里五大三粗的鬼佬和那个曾经弄大女儿肚子鼻梁长满粉刺的男孩。女儿夸身材瘦高、皮肤黝黑的男孩篮球打得超好。

苏悦说，还是从前好，那时候我们……菲菲小时候真是可爱。

费天鸣说，现在也可爱，就是不让人省心。

苏悦说，菲菲第一次喊爸爸，第一次喊妈妈，我记得清清楚楚。那年夏天，菲菲快两岁时，我们坐客厅，你穿条内裤拿着风车满屋跑，女儿看着你咧嘴呵呵笑；还有，我们在菲菲房间，坐床沿边，喊一、二、三，相继倒床垫上，女儿跟我们一起玩，乐开了花……这些事仿佛就在昨天，一晃眼，十几二十年就过去了。

重重地叹了口气，苏悦说，我们结婚多少年了？

费天鸣知道多少年，但没说，他在想别的事。他感觉哪里不舒服，屁股在蘑菇灰床单上挪了挪，还是觉得身上哪个地方不舒服。他说，我真不愿意她这么快长大，天天为她操心，生怕她有个闪失。你说，要是她又怀孕了，该怎么办！你赶紧打个电话，交代她……

苏悦说，我怎么开口？我们结婚多少年了，忘了吧你！

费天鸣想说没忘，但不知是什么理由，他还是保持了沉默。

苏悦说，二十年，马上我们结婚二十周年纪念日就要到了。

费天鸣想起过去一些事，感慨万千，眼窝湿了，眼前似起了雾，看不清他们挂墙上，几年前补拍的结婚照。他发了福的身体朝苏悦那边倾斜，仿佛苏悦是吸力巨大的磁石，他是块瘦铁。

苏悦说，我看中了一款爱马仕包包，你送给我，当礼物。

费天鸣没有说"好"，也没有说"不好"，他倾斜的身体又缩了回来。他想，除了这些名牌手袋、服装、化妆品，还有女儿成长、教育的话题，他们之间还能谈什么，记忆中那些美好的事、难忘的事、心生感动的事，统统都过去了，他们再也回不到从前。

苏悦说，若是你没空，我一个人去香港！

窗外飘着凄风冷雨。费天鸣浑身冰凉，心也冰凉，伸手搓了搓睾丸、阴茎，他说，不早了，睡吧，睡觉！

然后，费天鸣躺了下来，侧身，背对妻子苏悦。他没睡着，他想起白天，又给父亲的建行卡转了一笔钱，数目不大，但也不小。父亲在湖南老家，打电话来说看中了一款温石理疗保健床，价格35600元。父亲说，试了三次，感觉不错，保健床治疗关节炎、腰腿疼效果好。费天鸣清楚这类保健床真实的功效，广告夸大其词。他回想起过世的母亲，被岁月和癌症风干了的母亲临终前，含泪交代他照顾好人到暮年的父亲，没有过多的考虑，他就答应了父亲不太合理的要求。他还耳闻父亲在老家干过一些别的事，一些羞于启齿的事，劣迹、污点。父亲老了老了，却不断给他惹麻烦……

雨一直下着，从深夜落到黎明。

费天鸣感觉在深圳的这些年、成人后踏入社会的这些年，他似乎从来就生活在漫长的雨季里，身体潮湿，脏器长满苔藓。那个绵长的雨夜，他一个接一个做梦，把一辈子要做的梦全都做完了。

是不祥的梦。

早餐是小米粥、玉米棒、紫薯。他们面对面、眼对眼坐餐桌前吃早餐。窗外天空阴沉沉的，狂风暴躁地嗥叫。

掰开紫薯，费天鸣说，我得去北京出趟差。

苏悦说，多久？

费天鸣说，三五天，顶多一个礼拜。

这次早餐，费天鸣比平常吃得多。卧房清点行李时，他在那堆保健品中发现了一个蓝色药瓶，说明书注明专治狂躁症、轻度精神分裂症。他还在床头柜抽屉内发现了一张沃尔玛超市的购物小票和开了封的杜蕾斯安全套。他第一次认真、仔细地查看小票上购置的商品。商品当中有一把匕首。他掏出手机,拨了给他发威胁短信的那个陌生号码,衣橱里响起手机零零的声音。他还在想他们有多久没做爱了,那盒安全套怎么就拆开了。他背脊发凉,冷飕飕的,似一根冰凌刺穿了心脏。

费天鸣想问问苏悦,瞥了眼蓝色药瓶,他放弃了。拎起鼓胀的行李袋,费天鸣驱车至海边,远处浅滩翻涌着浊浪。他租了一艘海钓船,右手拎行李袋,左手拎钓具,上了船。

简陋的钓船驶向深海。

暴雨持续落下,雨珠溅湿了费天鸣的裤脚。裤兜的手机响起刺耳的铃声,是苏悦打来的。他没接。手机一直响,他将手机铃声调成静音。

手机安静了。

稍后,来了短信。

第一条,唐甜甜你到底认不认识?

第二条,菲菲来电话了,等你转生活费,你让菲菲这个夏天在墨尔本怎么过?

第三条,我知道你没去北京,你他妈到底在哪里?求求你,回来吧,我爱你!你那点事我一清二楚,我会帮你搞掂!

费天鸣的手在空中画了道弧线,他想把手机扔入深海。但没扔。似乎有鱼咬钩,他扯了扯鱼线,没有鱼。

是幻觉。

雨还在疯下,全世界的雨一齐飘落在费天鸣身上。眺望眼前无际的瀚海,费天鸣幻想着,若是他能变成一条大马哈鱼或者海马就好了,抛开一切,跃入这深海,过另一种生活。他又想,这蔚蓝的、波涛汹涌的海,同样深不可测。

海景酒店房间有股霉味。阳台正对怒海,巨浪奔腾翻涌。

费天鸣盯看窗外,台风野兽似的怒嚎,暴雨也没有停下来歇口气的意思。他犹豫着拨通唐甜甜电话,告诉她酒店地址。那边说,你就等着吧!

对方声音古怪,夹杂挑衅,费天鸣产生某种不祥之感。他洗了澡,换上米白色浴袍。开了瓶红酒,他喝了半瓶,唐甜甜仍没来,也没告诉他具体位置。体内欲望在膨胀。他发了条短信过去,却没回音。

继续喝红酒,费天鸣的视线无聊地梭巡房间摆设,昆仑山矿泉水瓶、杰士邦安全套。手机响起铃声,他迅速抓起手机,不是唐甜甜来电,是陌生的号码,他不想接,也不敢接。

外面的天更暗沉了。

费天鸣认真琢磨起唐甜甜那句话——"你就等着吧",意识到对方可能不会来了。他又猛喝了一口红酒,做了两个羽毛球扣杀动作。他打开电视,看都市频道新闻。在他看来,从女主播薄嘴唇吐出的,都是些鸡毛蒜皮的琐事。

平板电视突然换了画面,是浓烟滚滚的火灾现场。

费天鸣熟悉那栋别墅和屋内的陈设,消防员蚂蚁搬家似的忙碌,最后抬出两具包裹严实的尸体。女主播声音冷冷的,似寒冬凛冽的风:"企业家费天鸣别墅发生火灾,现场一男一女身亡,由于大面积烧伤,死者面目已无法辨认,身份有待进一步核实……"

手中的红酒杯跌落灰色地毯上,红酒似携带病菌的血液,黏稠,缓缓流淌。想到过去他们拿命爱对方一起打拼奋斗的日子,想到那具烧焦的男性尸体,费天鸣感到无限悲伤。

幸福里

一

九月,我出了趟差,在古城西安待足五天。

那五天,当地同事带我到回民街,尝遍陕西美食,葫芦鸡、羊肉泡馍、臊子面……工作闲暇,我跑去参观兵马俑、秦始皇陵墓,又专门去大雁塔兜了一圈。

夕阳西下,站立塔底,目光戳向远方。远处,天高地阔。那一刻,我突然想起方珍,想起她日渐消瘦的脸。夕阳继续往下沉,天又暗了些,脑壳闪出一个念头,想立马回深圳,回到我和方珍蜗居的租屋。

大雁塔是方珍推荐给我的景点。

方珍说,马东,忙完了,一定要替我去大雁塔看看。至于原因,她没讲。我心底清楚,她的推荐跟一首诗歌有关。方珍是个诗歌爱好者,一直喜欢读诗,偶尔也写诗。

返程路上，天空似刷了黑漆，一截一截暗下来。父亲从老家打来电话，讲他去医院取了体检结果，身体没大碍，小毛病却不少，血压、血糖、血脂偏高，胃里幽门螺旋杆菌超标。他还告诉我，官垱镇跟他同辈的老人，又走了一个，是肝癌晚期。这几年，镇上患癌的人越来越多，都怀疑与那家关停的漆厂有关。他又说，我还是感觉肺那块位置不舒服，不会也是癌吧？B超照不出来。我顺嘴安慰父亲几句，又听他扯了些跟小镇、跟亲戚有关的闲话，便把电话挂了。

那一夜，我躺酒店床上，眼望墙顶的黑暗，想东想西，没怎么睡。半夜，好不容易睡着，又梦到父亲，病恹恹疲倦的父亲，他那两叶肺出了毛病。我蹲地上，握一把白毛刷子，在一个不知为何物的肉球上，上刷下刷、左刷右刷。肉球黑得发亮。蹲得腿发麻，刷得手也发麻，肉球总算变得比祥云还白净。我捧着它，小心地经过一条寂静的廊道，将肉球交给穿白大褂慈眉善目的医生。医生说，这么用力，肺都给你刷穿孔了，顶多两个月，让病人吃好喝好，准备后事吧你们……

仓皇地从梦中骇醒来，后背黏糊糊的，我的心脏似长久搁冷库里，冰凉。

爬起床，我开始收拾行李，刷牙、洗脸，然后坐床榻边发愣，想之前那个不祥的梦。订的机票是下午两点半飞回深圳，我走街串巷游荡大半天，看一些古物、铜器，好不容易才消磨掉时间。登机前，接到方珍发来的微信，晚上她在家做饭，等我一起吃夜饭。

飞机晚点，回到深圳时，天黑透了。

我手拖行李箱，走到租住的龙塘新村。一条窄街直通租屋。昂头，六楼客厅亮着灯，那灯光让我觉得心里踏实。我记得两年前，跟方珍一起送女儿回湖南老家，返回深圳的当天夜里，我和方珍躺床上闲聊，谈起在深圳买房的话题。方珍说，租屋虽小，却是我们的家，是个温暖的地方。我搞不懂她怎么突然冒出这么一句话，估计是深圳房价涨得太快，她担心我压力大，想安慰我。黑暗中我看不清方珍的脸，握紧她的手，在她手心轻捏了两下。我暗下决心，一定要早点买房，把女儿从老家接来深圳，一家三口住一起。

方珍又把荤菜回过一次锅，饭桌上摆的菜正冒热气。她说，马东，饿了吧，赶紧吃饭。我细瞅方珍，才出门五天，她似乎又瘦了。我说，等我老半天，你肯定饿坏了吧，来，赶紧吃！

围坐桌边，方珍不停给我夹菜，小炒肉、大白菜。我也给她夹菜，把我碗里堆得小山一般高的肉菜、素菜，挪她碗里。我确实饿了,啪啦啪啦把米饭往嘴巴里送。方珍望着我笑,却不动筷子。她的目光轻飘飘的。

我说,方珍,我是一碗饭,你眼睛就这么看我,肚子看饱了,是不是!

以往方珍听我讲这话,都会忍不住扬起眉角笑。这一回她没笑,也无其他表情。我猜她可能有心事。又说,你是不是有事,有话要跟我讲?

低头,方珍拿筷子拨了两下碗里的菜和米饭,再抬头,认真地看了我两眼。她说,我想趁国庆节假期回一趟湖南。不等我回答,她又说,高铁票,我已经订好了。

我知道,方珍是想回家看女儿。

她想女儿了。

二

客厅摆了张小茶几,台面搁一只果盘。盘内装的水果经常变换,有时是苹果,有时是梨,偶尔也放芒果、香蕉。不变的是果盘旁的书——两本诗集:一本《普希金诗选》,一本《叶芝诗选》。

诗集是方珍的读物。

在深圳许多个无聊的夜晚,我和方珍吃完快餐店送来的盒饭,她洗完澡,削完一枚苹果或者一只梨,便翻开诗集,阅读那些她看过无数遍的诗歌,读到兴起,她会大声朗诵。

过去我听方珍朗诵过《假如生活欺骗了你》《当你老了》……客厅仿佛是一个雪后阒寂的世界,我能听到方珍的心跳,也能听到自己的心跳。客厅外,租屋楼下是另一个喧嚣的世界,窄街过道处,烧烤摊前响着新疆人的吆喝声,流浪狗的撕咬声,男人女人打嘴仗的声音,及孩童挨揍后忧伤的哭声。

方珍也读其他人的诗歌,比如里尔克、聂鲁达、北岛、顾城、海子……读完后,她去坐地铁或者公交车时,就会顺手从包里掏出那些诗集,搁座椅上,假装遗忘,不再取走。她希望跟更多人分享,更多人读到那些书。她说,这座城市需要诗歌。

从湖南老家回来后,方珍告诉我,女儿又长高了,会喊妈妈了。有十来天,她总跟我谈女儿,女儿来、女儿去。过后她变了个人,跟我在一起时,一会儿唉声叹气,一会儿沉默,一副心事重重的模样。

好些天,方珍没翻她搁茶几上的诗集,而是坐电脑桌前,黑色键盘旁摆一个记事本和一支圆珠笔。我以为她在查跟工作相关的资料,不是。某个周末,方珍掏出她的记事本，翻开，上面密密麻麻写满字。她说，马东，我们去看房子吧！

我说，看房？

方珍说，关内房子贵，我们去关外看。

我说，现在关外房子也不便宜。

方珍说，远一点，龙岗、坪山，那些楼盘我都查好了，相对来讲，价格低些。

我说，不再等等么，等房价掉下来？

方珍说，我一直在等，等得都绝望了，马东你看，房价降了么？没有。倒是噌噌噌涨个不停。

我无言以对，只好陪她去龙岗、去坪山看房。差不多两个月，我和方珍周末都奔波在看房的路上，坐地铁、坐公交，在众多"低价"楼盘间挑来挑去，最后选定"幸福里"一套两室一厅70平方米的房子。方珍说，我喜欢楼盘的名字——幸福里，房子小是小了点，但够我们三人住，等以后有钱了，再换套大的吧！

我说，方珍，咱们才存多少钱，哪够交首付？

方珍说，凑钱，找亲戚朋友借，我们一起想办法，办法总比困难多。

那阵子，我和方珍拟好一份借款名单，拉下脸，分头打电话，找亲戚和朋友借钱。被婉拒后，便在名字上画一个叉,又继续打下一个电话,钱并不那么好借,但总算把首付款凑齐。签完购房合同那天,我说,方珍,房子搞定了,这是人生大事,值得庆祝一下,我请你去面点王吃酱骨架。方珍说,还酱骨架,马东,接下来我们每个月要还房贷,又要存钱还账,得勒紧裤腰带过日子。

带着购房合同从售楼中心回到租屋,我和方珍没去吃酱骨架,她忙前忙后,下了两碗面条,从冰箱取出老干妈辣酱,舀出两勺拌进面里。她说,马东,就吃面条庆祝吧,将就着吃!

面对热气腾腾的面条,我想起一句话——有你在的地方,便是天堂。但我没讲出口,比起我和方珍眼下忙于奔命的生活,眼前租屋摆满的二手家具、拥挤的厨房、逼仄的洗手间和阳台、光线昏暗的客厅,这话实在太虚。我呼哧呼哧地吸着面条,想起方珍曾经朗诵诗歌,一副与世无争的模样,眼窝变得潮湿。担心方珍看见,我说,面条真辣,老干妈不要钱么,放这么多,辣死人!又说,其实,咱们本来可以晚一点,再考虑买房。

方珍说,我想把女儿接过来,一家三口住一起,那样家才更像家的样子。

三

签完购房合同后,每个月,方珍和我开始还房贷。茶几上,除了果盘和两本诗集,多出一个账本。

说是账本,其实就是一个记事本,方珍用它来记账,买房借钱的账目,七大姑八大姨,欠谁谁谁多少钱,白纸黑字,全记在纸上,包括还款日期。账本还有另一个功能,记录日常花销,方珍记得详细,零碎到购买牙膏、牙刷、香烟,甚至临时跑去便利店买包卫生巾,她也记录在案。

那个账本,方珍每晚都翻一翻,看完后,会把账本递给我。她说,马东,你也看一看。待我看完,笑着把账本扔给她。方珍重重地叹一口气,说,这么大一笔钱,什么时候才能还完。又说,马东,有什么想法你?

我说,能有什么想法,攒钱还呗。

方珍说,我们得开源节流,一方面想办法挣钱,一方面还得想办法省钱。指着账本上那些花销,她又说,马东你看,这个钱我们不该花,还有,这个钱我们也不该花。

盯着账本看,再把目光移到方珍脸上,她又瘦了一圈。我没搭腔,心脏像是被谁踢了两脚,疼。

方珍说，告诉我马东，今年我多大？

我说，你多大你自己不知道？

方珍说，少废话，你直接告诉我。

我说，你妈生的你，你问你妈去。

方珍说，认真点马东，能不能不开玩笑？

我说，二十八。

仿佛触碰到方珍的泪腺，瞬间泪水在她脸上流成了河。

我说，方珍，莫哭，我不跟你开玩笑。

她说，马东，知道我为什么哭么？我是在哭我自己，都是人，为什么别人二十八岁能挣几十万年薪，我却每天跟自己斤斤计较，连买个卫生巾也要记账，我怎么活成这样的人？现在我自己都看不起、瞧不上自己。

我知道这些话，方珍不单是讲给她自己听，也是讲给我听，甚至主要是讲给我听，她要给我施加点压力。我说，人跟人是不一样的，你得承认。

她说，都是吃五谷杂粮，有什么不同？

我说，人家上大学学的是什么专业，毕业后干的是什么行业。你读的是什么专业，干的是哪一行，能没区别吗？！

她不理睬我的安慰，继续哭，哭得肩膀一抖一抖。我用手握住她的肩膀，轻声说，方珍，以后下班回来，我再也不玩王者荣耀，我把游戏戒了，多接点私活晚上加班挣钱。

蒙着泪水的眼睛望向我，望了两秒，她抽泣说，还有呢？

愣了片刻，牙齿咬紧嘴唇，我说，往后我也不抽烟了，戒烟。

方珍破涕为笑，她说，马东，我不是非要你戒烟，知道吧，吸烟对肺不好，有害健康。你提出戒烟这个决定是对的、也是明智的，我举双手赞成。

我盯着方珍苍白的额头看，不知说什么好。扬起手，用手背抹她脸颊凉滑的眼泪水，我说，想我戒烟就直说，还哭，你这眼泪，属于鳄鱼的眼泪。

方珍又把账本拿手里，掂了掂，她说，真沉。知道吗马东，我是从农村出来的，知道钱挣来不易，都是父母从土地里刨出来的。我爸以前也有一个账本，上大学每年九月份开学，要缴学费了，他就去找亲戚借钱，一户一户走，才能凑足学费。

屋外，深圳的夜晚灯火闪亮。方珍讲起往事，又开始哽咽。

我说，方珍，我都答应你戒烟，还哭你！

方珍说，我想起我爸了。我爸去世后，我妈把账本交给我，告诉我那些事，我才知道我爸借钱给我凑学费的事。若是现在我爸还活着，该多好！抬起右手，揩了一把眼泪，她又说，马东你不知道，我爸是个多要面子的人。

四

半夜，透过薄薄的墙体，隔壁传来古怪的声音。邻居是一对黑瘦的广西夫妻，大概他们正做跟爱有关的运动。

我醒了，再也睡不着。

身旁，方珍睡得很沉。不知过了多久，我听到细微的笑声，是方珍在梦里笑。我猜她做了个美梦。清早，方珍睁开眼，我就问她，夜里是不是做梦了？

她说，马东，你又不是我肚子里的蛔虫，你怎么知道？

我说，看你都快笑醒了。

她说，我梦到公司给我加薪，高兴。

上班后，方珍真找公司领导提加薪的事。上司说，等一等，看年底绩效再说。她知道，上司打太极拳，搪塞她。方珍的美梦并没有成真。

周末，我和方珍一起到中心书城逛书店，她买了一堆工具书，如何提高口才的，如何提高人际交往能力的，如何迈入成功殿堂的。她说，马东，以前尽读诗集去了，诗歌无用，以后得务实一点，多读实用的书。

下班夜里回到家，方珍偶尔会翻一翻诗集，更多的时间，她花在读工具书上。她想短时间提高综合素质，跳槽，涨薪水。隔一两天，她就登录前程无忧网站，投简历，收到面试邀约的电话，她便去面试。

隔不多久，方珍真跳槽了。她去另一家公司，当上培训经理。她说，我本来不想跳槽，没办法，现在干什么都得花钱，不换一家公司，薪水涨不上去。

我说，方珍，你现在是部门领导，得注意个人形象，找个时间，我们去商场，给你弄一两套像样的衣服。想一想，方珍觉得是那么回事，我讲的话有道理，她答应得干脆，好的马东，你说了算。

逛商场时，我们逛了女装一个品牌又一个品牌，方珍看完吊牌的价格，把嘴凑我耳旁，她说，现在衣服怎么都这么贵。

我说，一分钱一分货。

看得上眼的衣服太贵，方珍舍不得，试都懒得试，便宜的衣服她又看不上眼，也懒得试。她说，等换季再说，到时打折，我们再来买。

我说，那咱们不买两件，要不先买一件。

她说，不行，一件也不行。

方珍和我空着手从商场出来，又空着手搭公交车回租屋。路上，她没讲一句丧气话，而是说，马东，那些衣服款式一般，不买，主要倒不是价格。我明白，她是想安慰我。我没接她的话，只是牵紧她的手，默默走回家。

又一天，我坐公交车，看到站台广告，孟京辉导演的话剧《恋爱的犀牛》要来深圳少年宫演出，话剧编剧是廖一梅。方珍是廖一梅"粉丝"，过去爱读她的书。我想方珍没舍得买衣服，那我就请她看话剧。

我把《恋爱的犀牛》将在深圳上演的事告诉方珍。她说，一张票多少钱？

我说，好一点的位置，380元。

方珍的目光在租屋客厅巡视了一圈，考虑了一会儿，她说，马东，我知道你喜欢孟京辉，要不你去吧，我就不去了。

我说，这座城市需要诗歌，你也需要。

方珍说，大学时我喜欢廖一梅，现在没那么喜欢了。若要说最喜欢的，是我们家宝贝女儿。

我说，方珍，你不去，那我也不去了。

方珍没表示反对，也没表示赞成，可能她想要的就是这个结果。最后，我自作主张买了一张票，打算让方珍去看。话剧上演当天,我把票交给方珍,方珍又推给我。反复推了三四次,她见我脾气上来,快发火,才把票收起来,宝贝似的搁进钱包。

夜里,我在广告公司加班,等到话剧快结束时,我坐地铁到少年宫,打算去接方珍。走出地铁站,拢近少年宫,我目睹一个熟悉的身影,是方珍。她无所事事地在少年宫门口,来来回回走。

我猜到方珍做了什么,她肯定是把票转卖给了别人,站少年宫门口打发时间,等到话剧结束,再回家。我眼窝一下湿了,返回地铁口,给她发微信,提醒她,看完话剧,回家注意安全。我先一步搭地铁返回租屋。方珍发来微信,她说,话剧真不错,马东,谢谢你,你是这个世俗世界对我最好的人,没有之一!

方珍回租屋,刚进门,我紧紧抱住她,额头死命贴她的额头。她说,话剧……我的嘴巴堵住了方珍的嘴巴,环抱她的双手轻轻使力,把她搂得更紧了,像是担心她会从我怀抱里消失。

五

我和方珍买的房子入伙了。

日盼夜盼，我们终于等到这一天。方珍一夜没睡，不是高兴得睡不着，而是发愁。她在愁，房子要装修，去哪里弄装修款。思来想去，也没想出别的办法，自己家不是开银行的，天上也不会掉馅饼，只能再去设法找人借钱。

刚还了一些亲戚和朋友的账，方珍和我又开口去找他们借钱，好把房子装了。方珍心里已经画出美好蓝图——装修完房子，再空两三个月，等油漆味散了，我们就搬新家，把女儿接到深圳来住。

每天下班，或者周末，我和方珍便往建材市场跑，比较墙漆、瓷砖、地漏、电源开关等装修物件的价格，一分钱一毛钱地节省费用。方珍一只手捏圆珠笔，一只手握记录本，详细记录物品价格。差不多一个月下来，方珍把自己变成职业精算师，夜里睡觉躺床上，她一项一项告诉我，这里省了多少钱，那里节约了多少钱，语调里尽是骄傲和自豪。

深秋，天凉了，我们的房子也开始装修了。

父亲打来电话，他怀疑身体里的肺真有毛病，可能是癌。许多次，在电话里，父亲总是没完没了地谈他的肺。父亲是个老烟枪，肺部不舒服，体检查不出问题，他也就没戒烟。

室内硬装快结束时，父亲又打来电话，他说，小东，最近有空么你？

我说，爸，啥事？

父亲说，有空的话，只怕你要回来一趟。

我说，家里出了什么事，爸？

父亲说，我把烟给戒了。

父亲欲言又止，却没再说更多。我感受到某种落寞和恐惧的情绪。父亲能把烟戒掉，我估计父亲的肺真出了问题，也可能是他疑神疑鬼，官垱镇长辈们的离开，让他觉得，死神的目光一直注视着他，视线不曾离开他左右。

黄昏，秋天的晚风刮在脸上、身上，有点凉。我和方珍并排站立在新房阳台，我没告诉她我爸在电话里跟我讲的事。楼下两位年迈的装修工人，一人在车头拉车，一人在车尾推车，车斗里装的是敲墙废弃的砖块和水泥渣。他们吃力地推车，向前蜗行。另一处地方，三四个灰头土脸的装修工人，手捧盒饭，蹲着或者一屁股坐地上吃夜饭，可能是聊起某个有趣的话题，他们一齐哄笑。

方珍说，他们活得真辛苦。

我说，没有谁活得容易，我们活得不比他们轻松。

方珍说，等住进新房，我相信一切都会好起来。

我说，你上班在南山区，从我们家坐地铁到你上班的位置，起码得一个半小时。方珍，以后有你好受的。

方珍说，正好早晚回家这段时间，路途中，我可以看书，读普希金、读聂鲁达，我可以在地铁车厢为那些疲惫的人、失意的人、需要安慰的人，朗诵诗歌。

我说，你想得可真美，高峰时段，有你站的位置就不错了，还想看书，还想朗诵诗歌？

沉默片刻，方珍说，马东，凡事总要往好的那方面想。扭头，方珍的目光转到我身上，她说，马东，你白头发又变多了。伸出手，她帮我拔白头发，拔了两根、三根，最终她放弃了。

指腹轻捏方珍的鼻尖、耳垂，我说，你又瘦了，脸上肉快掉光了。

方珍像是跟自己说，又像是跟我说，别人还花钱去减肥，我这自然瘦，多好，能省不少钱。又说，肚子饿了，去坐地铁，我们回家吧！

站阳台边，我和方珍都没动，视线不约而同转至楼下，一群装修工人似莽撞的蚁群，在小区甬道上奔跑。耳旁响起方珍的嘀咕声，声音细得像秋虫的啼鸣——以前我爸做过两年装修工人，马东你说，他们到底笑什么？

恒　河

金刚鹦鹉不会说谎。

客厅里孔心燕跟老太太聊到某个话题，母女陷入沉默。阳台传来鹦鹉聒噪的声音，"结婚、结婚"。孔心燕恨不得拿强力胶粘牢鹦鹉喙。她一边搓手一边抱怨，多嘴，也不晓得跟谁学的。老太太双肩下垂，不安地看餐桌上装虾酱的圆柱体玻璃瓶，脸颊热到发烫。

厅里的气氛更怪异了。

孔心燕立起身，缩着脖子看蘑菇灰墙面上的挂钟，又坐回去。椅面的棉坐垫尚有热度。她说，你们就不能消停点！再偷眼看忧心忡忡的母亲，孔心燕觉得老太太蛮可怜。

四年前，孔心燕二十五岁。那时她算年轻，对相亲很是不屑，但还是携带母亲交代的任务去见各式各样的男人。遇到感觉不对的、不顺眼的，孔心燕就故意拿些败兴的问题呛对方，令他们主动撤退。

你抽烟么？她说。

不抽。对方说。

于是孔心燕从闪着亮片的驼色手提包里摸出一盒薄荷味女士香烟，潇洒地抖出一支，将烟蒂夹食指和中指之间。再掏打火机，点燃，故作优雅地吸起来。吸一口看一眼对面男人的表情。若对方不在意，她就继续说，喜欢泡夜店吧？

对方沉默了，看陌生人一样看孔心燕。至此，他们的谈话基本结束。

四年过去，孔心燕不算老，但她收敛了许多，不那么咋咋呼呼。可风水轮流转，轮到人家挑她孔心燕的刺了，不是嫌这就是嫌那。孔心燕倒是习惯了，担心母亲伤心、伤神，明地里她故作坚强，暗地里她对婚姻不抱过大的奢望。

老太太注视着埋头吃饭的孔心燕，觉得女儿的好胃口是个假象。

阳台传来北风刮击玻璃硬邦邦的声音，老太太扬起枯瘦的手掌，驱赶芝麻粒大的薄翼飞虫。瞥了眼附在铁窗边的断尾壁虎，她又低头朝半暗的卧房望，老孔依旧安静地躺床上。

老太太低喃道，他呢？

抬起头，孔心燕抿紧嘴唇说，出差了。但她讲的不是实话。

老太太说，出差了？

孔心燕把视线从母亲脸上挪到饭桌，佯装对瓷盘里的小炒肉感兴趣，用筷子仔细挑拣精肉，蘸黏稠的汤汁，送进嘴里。盯着靠墙的海尔冰箱，她若有所思地说，味道不错。

埋头，孔心燕继续扒米饭。

这一天是圣诞节，深圳的阔街窄街随处可见圣诞树、圣诞老人、鹿拉雪橇、水晶球，情侣们也都聚拢在圣诞气氛浓郁的购物中心、电影院、咖啡馆约会。饭后孔心燕独自一人，回到空荡荡、略显冷寂的房间，伸手从自购的那盒费列罗榛果巧克力里取出一枚。眼望金色锡箔纸，停了两秒，又放回去。面对梳妆镜，她盯着尚算漂亮的五官，拔掉了耳际处三根白发。

上床，盘腿坐定后，孔心燕让颈部、背部、头部保持在同一条直线上，面朝北方，闭目。回想瑜伽课印度教练的动作，屏息，吸气，呼气，她闻到缭绕在卧房印度香淡雅的气息。随后，她开始了冥想。

圣诞节、男人马修、父亲母亲、金刚鹦鹉聒噪的啼鸣声……

旁念杂多，孔心燕始终无法进入入定佳境。她想到市场部那帮男女下属，在有些清冷和欢愉的夜里忙活着约会、做爱。而她，圣诞夜只能闷坐家里，陪植物人父亲和守在父亲床边日渐衰老的母亲。

又一年要过去了。

二十九岁，对她孔心燕来说，这个年纪不上不下、不尴不尬。跟她同龄一拨长大的同学、朋友，早就过上夫妻生活。唯独她，虽然谈过几场波澜不惊的恋爱，但至今，她还单身。现如今的深圳，剩女太多了。她比谁都清楚，母亲担心她将来的婚姻。

睁开眼，孔心燕打直双腿，立起身。

窗外北风刮得树梢呼呼响。孔心燕走去隔壁父母亲卧房。老太太正在拧热毛巾，揩父亲瘫在条纹床单上松垮、臃肿的身体。老太太擦得小心，也擦得仔细，连十根脚趾的趾缝都擦了，仿佛是对待博物馆某件古老、昂贵的瓷器。

跟往常一样，孔心燕蹲脸盆旁边，帮母亲拧热毛巾。先拿滚水浸泡，再用指尖夹起热透的毛巾，拧干，趁着腾腾热气递给母亲。

老太太重重地叹了口气，却不言语。

待收拾干净父亲，换好新洗的内衣裤，铺整齐被褥，老太太回头望孔心燕时，泪流满面。老太太想说什么，用手背揩了把眼泪水，又没说。孔心燕目睹两滴泪水滑过母亲灰如鼠色的脸颊，坠落在棉质条纹床单上。

她清楚母亲闷心头欲说不说的话。

就在眼泪水快流出时，孔心燕匆匆转身，跑回卧房。她的左脚踝骨触碰铁脸盆，盆里的水晃了两下，一汪水漫出盆沿，溅落在冰凉的瓷砖地面上。掩实房门，孔心燕后脊抵住门背，清晰地感觉到从踝骨传递到脑部神经绵长的疼痛。她右手捂紧嘴唇，压低黏滞的声音，沉沉哭泣。

他们相遇在初夏。

西餐厅仅有三五个人，单调的气氛增添了孔心燕与马修之间的别扭。他们是第一次单独见面，彼此都在努力放松自己。马修双手拘谨地端着菜牌，研究片刻，递给了孔心燕。

孔心燕喝了口清淡的柠檬水，貌似用心地看菜牌。稍后她点了两份套餐，实惠的、经济的套餐。

马修是孔心燕在瑜伽馆认识的，算帅哥吧，年纪比她小，二十七岁。马修苍白纤瘦的手指弯成鱼钩状，有意无意地触碰透明的装柠檬水的玻璃杯。孔心燕望他时，眼神碰撞两秒，马修赶紧挪开目光，看远处聚在一起无所事事穿蓝色兜裙的女服务员。

　　孔心燕大约猜到马修欲讲的话。她想起手下盼望涨薪员工的模样，明明想要却又顾着脸面羞羞答答。盯着马修额头透亮的油光，孔心燕说，我父亲是个警察，当过刑警队队长，现在退休了。讲完她的脸红了，温热的气息在脸部蔓延，直达耳垂耳根。幸好马修没留意。孔心燕又说，母亲嘛，很普通，工薪阶层。谈到个人时，她说，我是个房奴。

　　马修说，你还有房产？

　　这句话马修讲得云淡风轻，孔心燕没听清。马修触碰茶杯弯曲的手指伸直，单薄的手掌缩到餐桌底下，在裤沿边抹手心蒙的一层汗液，身体靠在椅背上，整个人放松了许多。马修说，房奴好，我可是月光族。又说，我是外地人，洛阳的。

　　接下来他们随意地聊起工作、生活。

　　马修说，孔心燕，等攒够了钱，我想去印度，去瓦那纳西的恒河岸边走走，知道吧你，在恒河里沐浴可以洗去一切罪孽，死后若能在恒河火葬，将骨灰撒入河中，灵魂便可升天。

　　孔心燕双手搁餐桌，白皙的手掌捧起玻璃杯。她的眉毛、唇角扬了起来，说，听说过。

马修说，我曾经看过一部关于恒河的纪录片，画面相当震撼。恒河的水缓缓流淌，河面有游船、有垃圾、有花瓣、有尸体，孩童们在恒河里嬉戏，点了吉祥痣、穿了金鼻环的妇人们在岸边洗纱丽。在恒河边，生活在左，死亡在右。

盯着杯沿边的唇印看，孔心燕说，听你一说，我倒想去看看。

马修说，那今天咱俩约定好，到时结伴而行。

孔心燕感觉有股低压电流触了她两秒，身体随即也放松下来。"结伴而行"四个字拉近了她与马修之间的距离。就条件来讲，马修谈不上好，除了相貌，他没房没车，也没事业基础，不是结婚的最佳人选，甚至连次佳都算不上，但孔心燕清楚她这个年纪，再挑三拣四，就真把自己给耽误了。再说，她对存留书生气的马修印象不差。

穿蓝色兜裙的女服务员陆续将套餐端上桌。

孔心燕考虑到若跟马修深入交往，下一步他就会知道瘫在床上的父亲。她决定提早告诉他。孔心燕将瓷盘里的牛排切成五块，挑了最小的含嘴里嚼，又喝了两口南瓜汤。她思考如何陈述父亲瘫痪的事。嘘了一口气，她的脸又红了。

孔心燕说，马修，来深圳多久了你？

马修说，四年。

眼睛不眨地盯着吧台看，孔心燕说，哦，那你肯定不清楚"9·3"运钞车抢劫案。

马修放下切牛排的刀叉，叠起餐盘边的纸巾，揩两边嘴角。他说，哪个案子？运钞车抢劫案？不清楚。心燕我告诉你，若是我有了钱，一定带你去印度，去恒河岸边走一走。

孔心燕说，那件案子跟我父亲有关，当时他就在案发现场。五个劫匪挟持了一名人质，是个小女孩，我父亲提出用他交换人质，顺利解救出小女孩。随后刑警队联合特警实施了他们的计划，埋伏在附近楼宇的狙击手同时射杀五名劫匪，四人当场丧命，未死的劫匪扣动手枪扳机，子弹射入我父亲头部，导致他大脑皮层功能严重受损。

然后孔心燕默语不言。

马修眉头紧蹙，低声说，后来呢？

孔心燕用冰凉的双手捂紧脸颊，继续沉默。

盯着孔心燕看，马修安静地等待她开口。

摸了摸薄耳垂、尖瘦的下巴，孔心燕仰视天花板，又把目光移下来。她说，结果我父亲成了植物人，一直躺到现在。我和我妈已经不指望他能醒过来。

马修用力搓揉他的双手，冰冷的手掌、手心、指腹变得暖和。他伸出右手，够到孔心燕搁餐桌上的左手，握住，轻柔地捏了下她的手心。

两人不说话，互望对方鼻梁和眉毛之间的位置。

西餐厅外的窄街上小汽车追尾，传来一声巨响。透过玻璃窗，他们的目光聚焦到事故现场，一群人围在那里，阻塞了交通，响起一串串汽笛声。

马修说，真是人生无常。

孔心燕说，长远来看，人总是会死的。

马修目视孔心燕，像看一只受到惊吓的兔子。他们听到救护车鸣笛的声音由远及近，又由近及远。孔心燕说，车主不知伤得怎样？她想到了她的父亲老孔，嘘了口气，哀伤笼罩至头顶，挥之不去。

走出西餐厅，分手时他们礼貌地道别，没再多讲话。不到两分钟，孔心燕收到马修发来的短信："我得找个时间去看望你父亲，他是位英雄。"

当天夜里落起暴雨，梧桐树在狂风中摇晃打抖，孔心燕站立窗边，琢磨白天跟马修见面的情景和那场不祥的车祸。

马修要来看望父亲，孔心燕有些期待。

差不多十年了，父亲常年卧床，孔心燕和母亲起初还相信奇迹会出现，父亲可能会在某个黄昏或是旭日初升的早晨醒过来。但存的希望越大，失望就越大。现在，她们母女抱定了平常心，顺其自然，甚至做好了最坏的打算。

回到客厅，孔心燕发现跟前些年比，客厅黯淡了许多。她决定趁马修来之前，收拾好屋子。于是她给小区物业管理处打电话，请他们派人更换了厅里、卧室、厨房、洗手间所有的灯具。她和母亲两人分工劳动，她拖地板，母亲抹桌子、椅子、电器。

忙活着，老太太眼里、脸上尽是喜气，但她一个字不提。孔心燕戴着橡胶手套，拖地，洗拖把，流了几身汗，衣服里面湿冷湿冷的。稍后房子旧貌换新颜，亮堂了许多。接下来的一天，孔心燕下班后，也不加班，推掉所有应酬，从花卉市场弄了两盆盆栽——富贵竹，摆放阳台。

孔心燕盼着马修上门。

可马修迟迟不来，只是每天给她拨个电话，闲聊几句，或是发两三条好玩带颜色的短信。马修只字不提上门看望孔心燕父亲的事。

有天夜里，孔心燕端起脸盆，准备去打热水，门铃叮咚响。开门，马修拎着水果篮体面地站门口。他精心打理过，穿了西装、打了领带。

孔心燕意外地望着马修，有些惊喜，但她没表露出来。转念她意识到自己穿了身皱巴巴的睡衣和旧拖鞋。再回头看母亲，母亲比她更糟糕，鬓角已发白的头发乱蓬蓬的，睡衣衣襟边角还脱了线，露出一条缝。而且母亲没穿胸罩。

阳台传来金刚鹦鹉不合时宜的声音，"结婚、结婚"。孔心燕矮下头，盯着拖鞋鞋面褪了色的向日葵图案看。马修似乎没在意，礼貌、得体地说，能进来吧我？他又对拢过来的老太太说，早就想拜访您，这段时间工作忙，耽误了。马修将水果篮递给孔心燕，迎上前换拖鞋，鞋架只有一双脱边的塑料拖鞋，他穿好走进厅里。

老太太沏了杯绿茶，搁茶几上。

在孔心燕眼里，跟第一次单独见面时比，马修自在、放松了很多。他们随便聊了几句，马修提出进房间看孔心燕父亲。像是突然想起什么，马修说，那天回家我百度了"9·3"运钞车抢劫案。

孔心燕的脸颊变得绯红，应了一声"哦"。

马修说，你父亲真伟大！

老太太说，每一位父亲都伟大。

孔心燕垂下目光，又把目光收回，担心地偷瞄老太太。他们走进卧房，停止讲话，静静地看床上躺着的父亲老孔。马修又嘀咕了一句，真伟大。他伸手摸了下孔心燕瘦弱的肩头。

稍后他们又回到客厅。老太太和马修扯起家长里短的话题，孔心燕忧心忡忡地坐一旁当听众，坐立不安，生怕他们再聊起那件抢劫案。孔心燕不停地看墙面上的挂钟，再偷瞄马修。马修看她时，她就把视线挪开。挨一会儿，马修起身告辞。送马修出门时，老太太不停念叨，小马，有空常来家里坐。

客人离开后，孔心燕和老太太相互打量对方的穿衣打扮，两人开始检讨自己的不是，再又说起鞋架上那双坏了一直没扔的塑料拖鞋，有些丢脸。孔心燕对马修的这次突然袭击心里没底，估计跟马修会吹了。那一夜，她辗转难眠。

但孔心燕猜错了。

接下来，马修每个周末都到孔心燕家里小坐，来时捎点水果或是开心果、核桃之类的零食。用完餐，马修顺手也跟孔心燕并肩干活，收拾碗筷、抹靠墙的餐桌，然后坐沙发上看电视，将频道调成他喜欢看的体育台，自己动手泡茶，掰两粒开心果吃。待老太太忙完手头的活儿，他们三人闲聊一会儿，马修才离开。有时候，马修还会从黑色手提包里摸出一副扑克牌，给孔心燕和老太太算命，逗她们开心。

在孔心燕眼里，马修每次来她家，都很随意，翻看茶几底层电暖炉的产品说明书，看报纸，喝茶，上网。想歇息时，马修也会在客厅的沙发上躺一躺，像是待在自己家里一样。

孔心燕觉得结婚的日子不远了。

老太太说，家里多了个男人，家更像家的样子。老太太脸上黯淡的灰色消退了，脸色变得明亮。她还抽空去了趟美容美发厅，做了个发型，将白头发染成黑色。老太太发现女儿孔心燕也在变化，穿衣打扮比过去艳丽不少，也不常站在卧房的窗口盯着天空发愣了。

私底下，孔心燕倒希望跟马修能多一点单独相处的时间。夜深人静时她会想，她和马修这样的两个人在一起，会有怎样的温度？她的答案——肯定是一堆旺火，或者干柴烈火。

有时到了周末，孔心燕会换上新买的干净的蕾丝胸罩、底裤，暗示马修去外面约会，看一场电影，然后顺其自然该干吗干吗。马修似乎不懂她的暗示，或是懂了装不懂。

到了深秋，孔心燕和马修的关系没有突破性进展。

孔心燕决定找马修谈谈，开门见山，摊牌讲谈婚论嫁的事。临近下班，她直接去了华强北马修上班的那栋写字楼。

孔心燕站在玻璃幕墙下等马修。

隔老远,孔心燕望见马修跟一位戴墨镜的富态女人并肩从写字楼大堂走出来,相互间讲话的态度亲密、暧昧。孔心燕闪躲一旁,目送他们进了附近的咖啡馆。

从暗紫色手提包里摸出手机,孔心燕的手直打抖,握着凉滑的手机壳,好不容易拨通了马修的电话。

在哪里?

外面办事。

跟谁办事?

愣了两秒,马修那边喊了两声"什么,大声点,听不清",便挂了电话。

仅隔1.5厘米厚的落地玻璃窗,孔心燕觉得马修离她十分遥远。她目睹马修跟墨镜女人有说有笑。他们在聊什么?她猜大概是印度,是恒河岸边的风景吧。马修双手娴熟地翻弄着扑克,洗牌,发牌,然后捡起一张牌,跟墨镜女人讲解,嘴唇翕合。墨镜女人双肘撑桌面,握成拳头的手杵着双下巴,时而沉思,时而露出笑意。

路上人来人往,孔心燕忍住没让眼泪水流出来。待心情平复下来,她回了家。她等着马修给她回电话,但马修一直没回。

盯着手机屏幕,孔心燕差不多看了个通宵。

翌日，临去公司上班前，孔心燕仔细打理了那张疲惫、憔悴的面孔，但那些好事的下属还是察觉到了，聚在一起小声地嘀咕。待她拢近他们，那些人立马作鸟兽散。她将塑料文件夹摔地上，对着散去的下属发了一通无名的怒火。

半个月后，马修主动跟孔心燕联系，约她在第一次单独见面的西餐厅用餐。孔心燕预感到有些东西正在到来。他们相视而坐，不等马修开口，孔心燕说，我们结婚吧，去印度度蜜月，去恒河岸边走走。

马修低眉拨弄手指指甲盖。迟疑片刻，他说，有些抱歉，都怪我，一直在纠结，耽误了你。

孔心燕说，有女朋友了你？

愣了片刻，马修说，没，哪有。

孔心燕说，那这半年，你知道你在干什么吗？

孔心燕又说，真没女朋友你？

马修沉默不语。

孔心燕说，到底为什么？

马修说，你比我更清楚，我一直等着你的实话。

孔心燕黑色的眼瞳平静地望着马修，端茶杯的手抖了两下，三滴柠檬水洒到餐桌桌面。她想解释，但她的自尊和骄傲令她收回了哽在喉咙的话。

马修提前离开了西餐厅。

孔心燕想起前两次令她心动的恋情，也是这样的结局。不管是讲实话，还是谎言，都是同样的结果。最终，男方总是委婉地、小心翼翼地说分手，然后起身离开，没有一个人回头，哪怕是望她一眼。

圣诞节过去，元旦过去，春节即将到来。

上班以外的时间，孔心燕闷在家里，老太太没再提马修，也没着急催孔心燕领男朋友回家。母女俩在一起相处，讲话变得格外小心、谨慎，生怕触碰到对方的"地雷"。金刚鹦鹉似乎也察觉到异样的气氛，很懂味地收了声，不再叫嚣"结婚"之类的话。

某个刮烈风、清冷的早晨，在地铁站狭窄的过道口，孔心燕遇到马修。他脸上掉了肉，整个人也瘦了一圈，脸色跟灰蒙蒙的雾气一样苍白。孔心燕猜想他这场恋爱谈得并不轻松。他们客气地问候，然后客气地挥着手在潮湿、清冷的空气里道别。

转眼到了除夕夜，孔心燕和老太太两人吃团年饭，面对面，有些清寂，有些寥落。她们佯装喜气、开心，开了一瓶红酒，碰杯，互送祝福。饭后母女一齐收拾碗筷，瓷碗、瓷盘碰撞，发出清亮的脆响，声音落寞又温暖。

忙完家务，孔心燕从房间拎出一只购物袋，袋内是她为母亲购置的新装,外套、睡袍、棉拖鞋。老太太一件一件掏出来,比在身上,反复念叨"合身、合身"。念着念着,老太太别过头,不看女儿,声音变得涩涩的。

然后母女俩合力做另一件事。

跟从前一样,孔心燕帮母亲拧热毛巾,母亲替父亲擦身体。孔心燕想父亲是个好人,为何没能得到福报?转念想,又不对,对父亲来讲,有妻子和女儿对他悉心照料,父亲万事不顾沉睡床榻,这似乎也算是福报了。母亲拭擦父亲身体时,孔心燕发现父亲眼角流出一滴浊泪,母亲迅速将它揩干了。

孔心燕舒服地洗了个澡,换了新买的睡袍、棉拖鞋,身上散发着一股沐浴露的清香。老太太也是。

母女俩坐厅里的沙发上,父亲坐轮椅上,一家三口"盯着"电视机屏幕看中央电视台的春节联欢晚会。孔心燕不时收到同事、同学发来的新年祝福短信,她挨个回复。

夜里十一点,孔心燕回到房间,点燃印度香。

那一刻,孔心燕眼前出现马修的幻象,她想到了印度恒河。爬上床,她盘腿坐定,让颈部、背部、头部保持在同一条直线上,面朝北方,闭目。她开始了冥想。

窗外是瓦蓝的天空、碧绿的草地、清冽的溪水、冬日暖和的阳光……画面又切换成植物人父亲、年迈鬓白的母亲、消瘦苍白的男人马修。

孔心燕想起了过去她对马修讲过的谎言，运钞车抢劫案中受伤的刑警，是另一个孔姓人家不幸的故事。她的父亲老孔，不过是一名普通的公交车司机，在多年前那起重大的交通事故中脑部受创，长期昏迷。

孔心燕还想到了佛语"一念放下，万般自在"。但她没那么自在，有些人事，她放不下。每一天，打开房门，孔心燕目睹卧床的父亲和脸色黯淡的母亲，自然就会想到她的责任。她想过完年，新的一年她就三十岁了。《论语》有云：三十而立。她清楚人生是个不断拥有和不断失去的过程，收获一些东西，就得放下另外一些东西。她选择了放下另一部分。她清醒地意识到还有许多更重要的事情等着她去做。

很快，新年的钟声持续敲响，喧嚣的礼炮声将孔心燕翻涌的思绪逐一湮没。

后记
"深圳"的馈赠

回想起来,我的写作始于无聊,又不愿屈从无聊。上大学时每天有大把时间,加上那会儿正值青春,血管里流淌的全是躁动的血液,不甘虚度。于是想找点事干,学的是汉语言文学专业,就操练起小说。

2003年大学毕业,到了深圳,工作经常要加班,搁笔差不多一年,待工作理顺,每天夜里回到城中村租屋,人安静下来,总觉得少了点什么,心里"空"。有一天,我读到魏微的《通往文学之路》,她说:"现在想来,文学是最适合我脾性的,单调,枯燥,敏感,多思。有自由主义倾向,不能适应集体生活,且内心狂野。"那一刻,我意识到某个东西在远方召唤我,便做了决定,当一个写小说的人。

写作的道路上,我算是个幸运儿,那些熬夜熬出的小说,基本陆续发表。偶尔我会想,若发表没那么顺利,我大概早已放弃。我清楚自己，不是那一类决绝能为理想赴汤蹈火的人。所以我对金仁顺老师一直心怀感谢，2004年她在《春风》杂志当编辑，编发了我第一篇小说《候鸟》，对我鼓励巨大。时隔多年，现在我仍然记得那天收到样刊后的情景，中午同事都睡了，我坐在办公的格子间，就着电脑屏幕的亮光，心潮澎湃读那篇小说，读了不止一遍。

在写作的学步期，我读余华、苏童的作品较多，后来才是海明威、卡佛、耶茨和奥康纳。比如，我读余华的作品学到了如何讲故事，读苏童的作品学到如何把握叙述节奏，在海明威那里学到结构故事的技巧。读到卡佛、耶茨、奥康纳时，我感到被解放了，在他们笔端，个体的苟且、不安、躁动、妥协、隐忍，以及悬乎生活角落的微尘，全部登堂入室，成了撼动人心的小说。

雷蒙德·卡佛在某一个阶段，对我影响较深，我喜欢他的日常和文字中巨大的沉默。他的方式很适合写作深圳题材。深圳是一座很多元的城市，来自全国各地的人构成了它的复杂性，很多事情并不是表面看上去那样光鲜、干净，而是说不清道不明的。卡佛笔下的故事，很多含义都隐藏在文本背后，看似平静，实则波涛汹涌。这些也都符合我对小说的审美。

每个人看待世界的角度和对世界的思考方式存在差异，我有我的方式，这也构成了我写作的三个前提：首先，我写作是因为世界它刺痛我了，普遍的道德失范、没有敬畏心、没有耻感……这些都让我感到不舒服，从而需要表达；其次，我想通过写作让自我得到反省，保留自己的个性，现代社会价值观单一，世俗成功学从来不会教我们如何保有自我，因此当"大家"都在跑步前进追求速度的时候，我希望自己慢下来，甚至停下来，做我自己；第三，我做不了没有负担的作家，马丁·路德·金说，转型期的社会，时代最大的悲哀不是"恶人"的嚣张，而是大多数"善者"的沉默。我要通过小说文本发出个人的声音，这个声音可能是建设性的，也可能是批判性的。或者是说了等于没说，是失语的，但我觉得自己至少在这个时代，没有选择做沉默的大多数。

当下我们生活的深圳，快速的变化常常令我不解，也感到不安。我们所处的时代节奏也是车轮滚滚，奔跑向前的。时代的节奏"快"，而作为社会的个体，不是流水线上标准化的产品，他们形形色色，每个人都有自身的个性和生活节奏，他们有内心的独立追求，有精神上自我发展的渴望。跟时代的节奏合拍的，他们肯定会过得如鱼得水——尽管是表面的，可能精神上还是落魄不堪的；不合拍的，那些"慢"的人怎么办？如果他们内心不够强大，不能坚持己见和保持个性，则会被时代的节奏搅得方寸大乱，不适应者会迷失，会幻灭。

我喜欢北岛的《波兰来客》：那时我们有梦/关于文学，关于爱情/关于穿越世界的旅行/如今我们深夜饮酒/杯子碰到一起/都是梦破碎的声音。历经生活种种，无论是成功者或是失败者，灵魂的某个角落都会生出废墟。从这个角度来看，不存在桃花源，也不存在乌托邦，作为一个写作者，我希望他们能保有尊严，在某个时刻慢下来，有一方他们的世界，吟诗作画，过古老的生活。这也是我的理想，现实生活之外，有另一种生活，令生命更丰沛。写作恰好是理想之途。

在深圳生活多年，有一段时间，我喜欢漫无目的搭乘地铁，或在城中村无所事事游荡，看那些朝气蓬勃的面孔、沮丧和失意的面孔、期盼与茫然的面孔……这些行色匆匆走在路上，为生活奔波的人们，夜深人静，时间静止下来，他们的灵魂该安放何处？我想，这座以速度著称的城市，需要文学。

最近六年，我的生活发生明显变化，成了两个孩子的父亲。我爱跟孩子们待一起，给他们讲绘本、编离奇的故事。我也不后悔沉湎于日常生活，虚度"光阴"。对一个写小说的人来讲，日常生活能成就他的作品，但更多的，我想，应该是巨大的消耗，日复一日一成不变的日子，会把人变成推石头上山的希绪弗斯。我不是希绪弗斯，却是一个寒夜里举着火把的夜行人，走在黢黑的路上，总在等待黎明到来，等待那一线灼目的曙光。我想，我们每个人都是携带病菌的躯体，走不了、回不去，在无望的生活中，只能日复一日地活着，天长地久地平庸地活着，这才是生活的常态。陷入此境和世俗生活的我，也需要文学。

　　忘了是从哪一天开始，拘谨、不安的我，与现实世界的关系，不再那么紧张，似乎我与所处的世界达成了和解。我没去深究变化的时间节点，也许是某次回湖南老家，见到守望在家年迈的父亲母亲，他们鬓角越来越多白发的那一刻；也许是陪伴孩子成长，想把世界更好的物质生活献给他们的那一刻……内心深处，我依然渴望做一个天真的人。有时乘地铁，我会把阅读过的小说，故意遗留在车厢，希望更多忙碌的人，得到文学的滋养和慰藉。更多的时候，我会想起十多年前，沉迷于写小说的日子，我把自己当成文学的圣徒，下了班，去超市买两只冷馒头，填饱肚子后，便坐到电脑桌前，写温暖的故事、写绝望的故事、写温暖与绝望交融参半的故事……那个"我"是莽林里的野兽，看不清来路，看不到去处，充满了未知和可能性。

说起来，我更欣赏那时的"我"，像一个造梦的人，对现实世界不满意，想搭建一个自己眼中的理想世界，便开启了书写之路。写小说时，我更愿意把自己当作侦探，去发现人物细微变化的表情，留在桌面指尖的纹理、水杯上的唇印，探索晦暗不明的空间和旁逸斜出的枝节。有一天，我突然想写一个人感受到的文学的"深圳"，写在深圳的不安、困惑、焦虑、希望和绝望……这些"情绪"因深圳这座表皮光鲜改革开放的前沿城市而放大。但，夜深人静时面对"深圳"，我却无从下手。幸好，遇到了德国画家霍尔班，他帮我找到了叙述的切口、角度。《使节》是霍尔班的传世之作，在这幅充满暗示的画中，霍尔班以变形的手法隐藏了一枚骷髅，正面看不出是何物，只有从左侧斜下方或右上方以贴近画面的角度才能辨认它的原形。这幅画符合我对短篇小说艺术的理解：结构于简单之中透着复杂，语言暧昧、多解、指向不明，人物关系若即若离，充满紧张感和神经质式的爆发力。

作为一个造梦者，我有我的偏爱，我想做一名"在场"的作家，以文学、以小说的方式呈现变革时代、社会转型期个体的精神困境，选择与放弃，得意与失意；以小说文本让后来者记住，我生活的城市——深圳，曾经有一批墙角下的生命,他们的抗争与抉择,他们的动荡与心安,他们希望与绝望……这是我理解的文学对个体、对生命的尊重。

这些年,我一直想写出生活的微苦,同时写出生活的清甜,却时时感到沮丧和挫败,我清楚我的界限,它就像一瓢冷水,随时可能浇灭我夜行路上的火把。而我能做的,也只能是写好这一个,再继续下一个。似乎,这就是我的宿命。大概,这也是每个写作者的宿命。

短篇小说集《龙塘故事》创作期间,得到深圳市作家协会、龙华区文艺创作扶持资金支持,在此致谢。